KB173598

죽고 싶다는 말은

간절히 살고 싶다는 뜻이었다

죽고 싶다는 말은
간절히 살고 싶다는 뜻이었다

김민제 지음

STUDIO:ODR

프롤로그

부서져 깨진 줄 알았는데
조각되어 다듬어졌습니다.

제 글이
저와 닮은 여러분 대신
앓아줬음 좋겠습니다.

차례

프롤로그 005

chapter 1

떠나고 싶은 게 아니라 여기 있기가 싫었던 거야

아무 일도 일어나지 않는다 012 / 솔직하게 기억하기 015
고통은 강렬할수록 빛이 난다 016
재미없고 시시하고 쓸쓸한 018
모든 행복은 결핍을 수반한다 019
떠나고 싶은 게 아니라 여기 있기가 싫었던 거야 022
요즘의 술자리 024 / 소박한 부자 되기 025
그저 우울한 시간 026 / 포기할 수도, 계속할 수도 028
영원하다 믿고 싶은 내 마음은 영원하다 031
생각을 없애는 방법을 생각한다 032
보여주기 위한 삶 034 / 사회 초년생 035
장례식 039 / 강박증 040 / 마음의 빛 042
조금 더 현명하게 사는 방법 046 / 나쁜 여자의 이상형 050
좋아하는 것과 잘하는 것 051 / 행복은 없는 것 054

여행 가고 싶다 057 / 성공을 부추기는 사회 058
나만의 문제 060 / 건강도 돈이었다 062
받아들일 수 없는 것을 받아들일 때 066
내 안의 질투 다스리기 068 / 주님의 기도 070
자신감과 자존감 074 / 살아 있을 때 살자 076
장점과 매력 079 / 여행에 관하여 080 / 청춘 083
사람, 상황, 환경에 치였다 084
우연과 인연 086 / 어른이 되어간다는 것 088
나를 위하지 않는 사람들을 위해 살아가는 나를 위해 091

chapter 2

사랑해서, 사랑하지 않아서

자의적 사랑 096 / 썸 098 / 데스노트 100
가해자인 피해자 101 / 당연한 기다림 102
사디스트 104 / 어쩔 수 없는 서운함 105
내가 나한테 바라는 게 많아진 거야 106
기분 탓이 아니었다 108 / 사랑해서, 사랑하지 않아서 109
재회 112 / 괜찮다고 하면 괜찮아질 줄 알아서 113
기도문 114 / 평범한 이기심 115 / 청춘 낭비 116
같은 세계에 살기 위해선 같은 상처를 가져야 한다 117
네가 나를 사랑해줘서 내가 나를 사랑할 수 있었어 120
헤어짐 122 / 우리의 세상은 너무 달라서 124
떠난 사람과 남겨진 사람 125 / 마무리 126
사랑과 이해 128 / 헤어졌다 다시 만나면 안 되는 이유 129

얼룩덜룩 133 / 올인 134 / 어디까지 136
잊어버리든지, 잊고 버리든지 138 / 까이고 나서 142
무책임한 사랑은 사랑이 아니다 143
다시 사랑하긴 글렀다 145

chapter 3

너무 멀리 가지도, 너무 가까이 다가오지도

시간이 없어서 못 만나는 사이 150 / 미묘한 뒤틀림 152
SNS는 인생 낭비다 153 / 동아줄 156
내가 선택한 외로움 158 / 이해의 스펙트럼 160
그냥은 없어 162 / 자기들이 못난 건 생각 안 하고 163
언어의 품격 164 / 재생목록 166 / 모 아니면 도 168
예의 없는 사람 169 / 시기와 질투에 관하여 170
음주 운전하고도 사고가 안 나는 이유 172
에스키모의 사냥법 173 / 거짓말 176
용서의 무게 177 / 사과 178 / 상처 준 대가 180
무한대로의 견딤 182 / 예의 184
피곤한 사람들 186 / 유머와 재치 188
빛이 나는 사람 189 / 곁에 둬야 할 사람 190
증거 192 / 이해는 노력한다고 되는 게 아니야 194
난독증 195 / 기간과 진심 196 / 잘못된 정리 197
멀리 가도 너무 멀리는 가지 말고 198 / 정의 200
모르는 사람들의 위로 201 / 관계의 진실 202
바라는 게 많은 사람들 사이에서 203

chapter 4

애쓰지 않고 그대로 두는 법

성공 206 / 무덤의 크기는 누구나 똑같습니다 208
99퍼센트 210 / 숫자로 표현할 수 없는 인생 212
악당 213 / 최선의 기준 214
대단하지 않은 일을 하며 배운 대단한 것 216 / 만능 217
자연 소멸된 관계 218 / 내 취향의 목적 220
'걸레'라는 소문 222 / 평범한 특별함 223
적당한 매력 224 / 풍요로운 삶을 위한 다짐 225
기출 변형 226 / 행복의 조건 227 / 독서 228
상처받을 걸 알면서 알아내는 세 가지 230
수준 차이 231 / 내일은 오지 않는다 232
선택 233 / 도서관 235 / 자신을 믿는 사람 236
감사함과 너그러움 237

에필로그 238

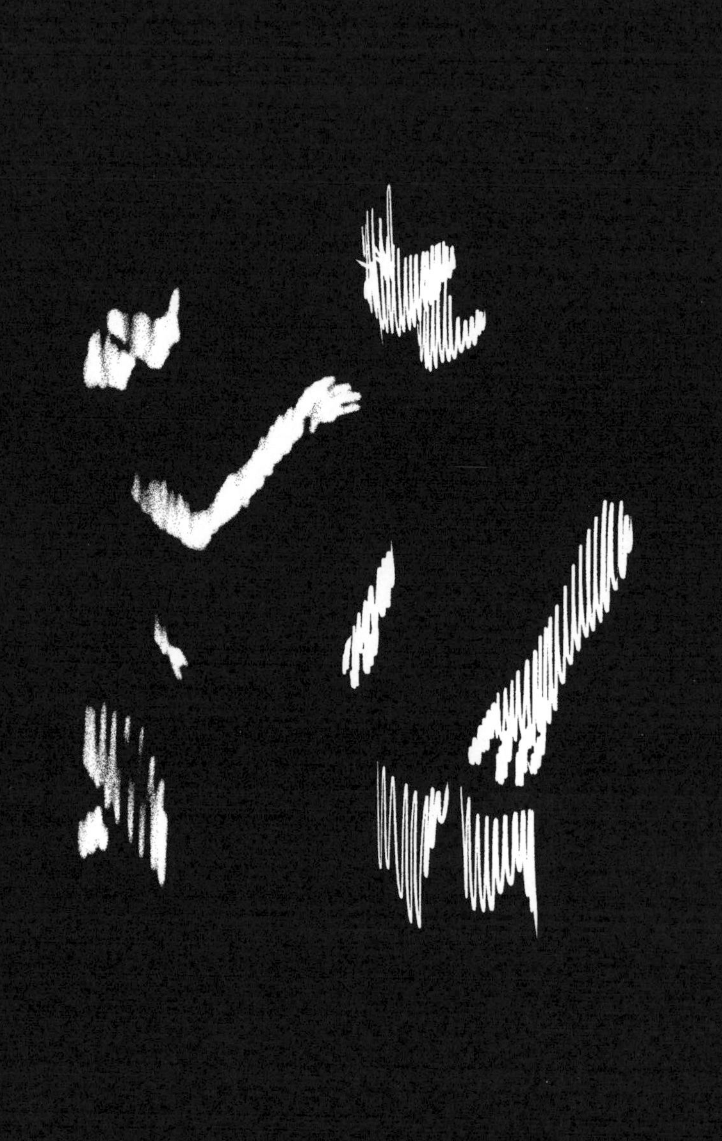

chapter 1

떠나고 싶은 게 아니라

여기 있기가 싫었던 거야

아무 일도 일어나지 않는다

언제부터였을까. 사람들과의 만남이 일처럼 느껴지기 시작했다. 연락만 주고받았을 뿐인데 기가 빨리는 기분이 들고, 만나기도 전부터 피곤했다. 처음에는 바쁘니까, 내가 힘드니까 그렇게 느끼는 줄 알았다. 사람을 워낙 좋아하는 편이라 금방 괜찮아질 줄 알았다. 하지만 오랜 시간이 흘렀는데도 여전히 아무도 만나고 싶지 않다. 친구들도 한 달에 한두 번 큰 맘 먹고 만날까 말까고 새로운 사람을 만나더라도

딱 한잔의 커피
딱 한잔의 술
딱 하룻밤

그 이상 관계가 이어지지 않는다. 단발성, 일회성, 무의미하고 부질없는 만남의 연속. 집에 오면 재밌었다거나, 지루했다거나, 그 사람의 어떤 특성이 기억난다거나, 어느 농담이 떠

오른다거나, 공허하다거나 후회된다거나, 마음이 무겁다거나 혹은 가볍다거나 하지 않고 아무 감정 없이 그저 피곤하기만 하다. 조용히 컴퓨터를 켜고 밀린 일을 한다. 아무 일도 일어나지 않은 것이다.

나는 사람이 주는 감동을 잊어가는 중인지도 모른다.

솔직하게
기억하기

마지막 날은 생각보다 허무했다.

딱히 기쁘지도, 딱히 후련하지도 않았다.

마지막이랍시고 마음에도 없는 말을 억지로 늘어놓으며 "고마웠어", "그래도 즐거웠어", "행복했어" 하기보다는 "마지막까지 참 좆 같네" 하는 것. 그냥 힘들었고 잊고 싶고 다시 돌아가고 싶지 않다.

있는 그대로 솔직하게 기억하기.

고통은 강렬할수록 빛이 난다

"슬픈 건 조금씩은 아름다운 법이고, 아름다운 건 또 조금씩은 슬픈 법인가보다."*

고통은 강렬할수록 빛이 난다. 가장 힘들었던 순간이 가장 생각나며, 가장 힘들게 했던 사람이 가장 기억난다. 날 힘들게 했던 순간과 사람들이 가끔은 왜 이렇게 씁쓸하고 그리운지. 그립지만 돌아가고 싶지 않은, 고통이 남긴 아름다움은 그런 느낌이다.

고통은 날 단단하게 만들어줬지만 그 단단함은 어디까지나 상처 위에 생긴 굳은살이지, 무엇이든 튕겨내는 방패가 아니다. 앞으로 나를 만나게 될 사람들한테 미안하다. 벌써부터 귀찮고 싫기 때문이다.

---

* 박연준, 《소란》

사람은 다치다 보면 닫히게 된다.

이제 내 인생에 아무도 나가고 들어오지 않았으면 좋겠다.

재미없고
시시하고 쓸쓸한

지금껏 내가 재능 있고 열정도 가졌다고 굳게 믿어온 꿈이 막상 돈이 안 되니, 내게는 재능도 없어 보이고 열정도 딱히 있는 것 같지 않았다. 나는 그저 최소한의 노력으로 최대한의 돈을 벌 수 있는, 그나마 내가 재능 있다 믿었던 분야를 직업으로 선택했을 뿐이며, 힘든 순간이 닥치면 성장하는 시간이라고 합리화했을 뿐일지도 모른다.

하지만 자명한 사실 하나는 내가 이 진리를 깨달았다고 해서 나에게 다른 선택지가 주어지거나 돈을 더 잘 벌 수 있는 방법이 떠오르지 않는다는 점이다. 인생은 이토록 재미없고 시시하고 쓸쓸하고 보잘것없다.

모든 행복은
결핍을 수반한다

우리는 언제나 행복을 추구하며 살아가지만, 그 행복을 이루기 위해 필요한 것들은 매번 바뀌는 것 같다. 때로는 친구, 때로는 애인, 어떤 땐 공부, 안정적인 직업, 넉넉한 잔고, 보장된 미래, 화목한 가정. 이 모든 것을 다 가진다 해도 걱정은 사라지지 않겠지만 대체로 어느 것 하나 확실하게 보장되지 않아 불안하고 우울하다.

이타적인 것과 이기적인 것, 그리고 개인적인 것의 차이는 이렇다. 내가 써야 할 것을 아껴서 남에게 베풀면 이타적, 내가 필요 없는 것까지 쓰고 남에게 대신 베풀어달라 하면 이기적, 그리고 내가 쓸 것을 쓰고 남은 것으로 베풀면 개인적.

나는 개인적인 성향이 강한 사람인데, 남을 돕고 싶은 애매한 이타심도 있어서 고생하더라도 좀 더 벌어두는 편이다. 딱 어설프게 착해서 좆되기 쉬운 스타일. 그런데 사실 남에게 잘해주고 못해주고는 의미가 없다. 어차피 (나를 포함해서)인간이란 잘해준 일보단 못해준 일을 더 오래 기억하며 자기 기준에 따라 잘한 일과 못한 일을 나누기 때문이다.

이쯤 깨달으니 행복을 친구니 애인이니 하는 관계에서 찾는 건 허황된 짓이라는 판단이 선다. 그렇다면 공부나 직업, 돈 혹은 취미에서 찾는 게 답일까 싶지만 이조차 내가, 나만 잘한다고 잘되는 일이 아니다. 피 터지게 공부해도 타고난 사람들을 이길 수 없고, 죽어라 일해도 나보다 높으신 분들의 공으로 돌아갈 뿐이고, 밤낮으로 돈을 벌어도 수단과 방법을 가리지 않는 사람들에겐 우스운 액수이고, 그냥 재미로 시작한 취미생활도 잘하느니 못하느니 남들에게 평가당하기 십상이다.

그렇다면 어디에서 행복을 찾아야 하나.
우습게도 행복은 '행복하지 않다'는 전제로부터 나온다.
즉, 결핍 상태에서 행복이 생겨난다는 것이다.

진정한 친구가 없다 생각하니 나를 위해주는 타인의 사소한 말 한마디가 감사하고, 사랑은 부질없단 생각을 하니 상대가 나를 아껴줄 때 소중하게 여겨진다고 느낄 수 있었다. 공부를 못한다 생각했기에 시험에 합격했을 때 성취감을 맛봤고, 능력이 없다 생각했기에 칭찬받았을 때 기뻤으며, 돈이 늘 부족했기에 작은 물건 하나에도 만족할 수 있었다.

부정적인 생각은 긍정적인 생각을 도출할 수 있게 해주는 원동력이며, 나쁜 것에 관한 경험은 좋은 것이 무엇인지 구별할 수 있게 해주는 준거가 된다. 결핍이 만든 공허함을 억지로 채우지 않으려 한다. 그 공허함이 있기에 행복이 무엇인지도 알 수 있으니까.

그래도 언제나 내 편이 되어줄 친구와 잘생기고 근사한 남자친구, 명석한 두뇌와 인정받는 직업, 그리고 줄지 않는 통장 잔고는 갖고 싶다.

떠나고 싶은 게 아니라
여기 있기가 싫었던 거야

훌쩍 떠나고 싶은 날이 많았다. 하지만 떠나도 금방 싫증이 날 것을 알았다. 나는 그저 반복되는 나의 삶이 싫었고, 그 권태로 어디로든 가고 싶었을 뿐이다. 아무도 나를 모르고 나도 아무것도 모르는 그곳으로, 그곳이 어디든 떠나버리고 싶었다.

떠나봤자 근본적인 외로움은 해결되지 않음을 알면서도 너무 힘들어서, 너무 지쳐서, 너무 지겨워서, 너무 버거워서 표면적인 외로움만이라도 인스턴트식으로 해결하고 싶었다. 즉, 이곳만 아니면 됐다. 이 사람들만 아니면 됐다. 그런 마음이었다.

어디에 있어도 마음을 못 붙이는 나약한 내 모습이 죽도록 싫었다.
존재하지도 않았던 추억에 잠겨 죽고 싶었다.

요즘의 술자리

이제는
맛있는 술안주를 앞에 두고
깊고 솔직한 대화를 나눈 후
적당히 홍조 띤 얼굴로 다음을 약속하면서
깔끔하게 집에 가는 쪽이 훨씬 좋다.

클럽 가서 미친 듯이 춤추고
만취해서 울고불고 속마음을 털어놓는 자리도 좋지만
체력이나 감정이 너무 많이 소모되는 일들은
최대한 피하고 싶다.

확실히 나이가 들어가긴 하나 보다.

소박한 부자 되기

전에도 돈이 중요하다고 생각했는데, 나이가 드니 돈은 생각보다 더 중요하더라. 어차피 부자가 되는 건 관심도 없고 가능성도 없으니 그냥 소중한 사람들에게 기프티콘을 보낼 때 머뭇거리지 않을 정도로만 벌고 싶다.

취업 기념 케이크에 빈 소원.

그저 우울한 시간

몸이 고장 나버렸다. 쉴 수 있을 때 쉬었어야 했고 쉬어야 한다는 사실을 누구보다 잘 알았다. 하지만 무엇 하나 내려놓지 못하는 성격 탓에 할 수 있는 것은 모두 해내려고 했다. 잠이야 죽어서 자면 되니까. 사는 동안 뭐 하나라도 남겨보겠다고 발버둥 친, 순전히 내 욕심으로 살아내던 날들.

한 가지를 선택할 때마다 포기해야 했던 다른 소중한 것들이 계속 마음에 걸렸다. 그러니 후회가 남지 않도록 모든 걸 이뤄야 한다고 스스로를 압박했다. 정말 세상 모든 시간은 혼자 다 쓰고 세상 모든 열정은 혼자 다 쏟아붓는 사람마냥 살았다. 너무 무식한 짓이었다. 체력이 아닌 정신력으로 버티는 삶에도 한계가 있었다. 몸이 극심하게 아파 아무것도 할 수 없는 단계까지 오자 내가 얼마나 고통을 합리화하고 있었는지 깨달았다.

우울한 채로 있는 것보다 뭐라도 하는 편이 낫지 않을까 싶어 억지로 일하고, 구태여 사람을 만났다. 하지만 집으로 돌아오는 순간 공허함은 배가되었다. 그 과정이 끊임없이 반복되자 상황에 지치고 사람에 지쳐 끝내 번아웃이 찾아왔다.

힘들 때는 그냥 가만히 있어야 했다.
나에게도 충전의 시간이 필요했다.
그저 우울할 수 있는 시간을 자신에게 줘야 했다.

포기할 수도,
계속할 수도

스스로에 대한 기대가 너무 높아서였을까, 혹은 긍정의 힘을 막연히 믿어서였을까. 계속 노력하다 보면 언젠가는 내가 뭐라도 해낼 줄 알았다. 결국엔 해결될 거라, 저절로 나아질 거라 믿고 모든 고난을 견뎠다. 작은 성과라도 있겠지 하며 꾹꾹 참았다. 그렇게 안간힘을 쓰며 버텼는데도 더는 할 수 있는 일이 없었다. 세상에는 나보다 잘난 사람이 너무 많았고 그들 사이에서 나에게 남은 선택지는 세 가지였다.

1. 기대를 낮추기
2. 목표를 낮추기
3. 좀 더 하기

나는 세 번째를 택한 미련 덩어리였지만 세상과 내 '좀 더'의 기준은 달라도 너무나 달랐다. 엎친 데 덮친 격으로 또라이들을 너무 많이 만났다. 그 모두를 감당하려니 스트레스가 치솟아 나날이 박살 나고 무너졌다. 몸과 마음은 피투성이가 되어 성한 곳 하나 없었다.

겉으로는 삶에 아무 문제가 없으니 내가 왜 이러는지도 알 수 없었다. 미래는 불안하고 현재는 불만족스러워서 과거를 떠올리며 자기 위로나 했다. 과거는 이미 지나간 일이라 내 입맛대로 추억할 수 있고 미화할 수도 있으니까. 그렇게 발전 없이 회의감에 젖어 시간을 보냈다.

그러면서도 뭔가 해야 한다고 생각했다. 이 치열한 세상에서 아무것도 안 하면 아무것도 안 된다는 사실을 누구보다 잘 알았으니까. 그 뭔가에 대해 고민하면서 압박감에 시달리고 후회에 뒤틀렸다. 스스로 몰아세우다 스스로 용서하고, 스스로 미워하다 스스로 사랑하고. 혼자 상처를 주고받는 짓을 계속하다 결국은

"일단 쉬자……."

그래놓고도 불안하니까 조금씩 다 건드려보는 미련한 나. 마음 붙일 곳 없이 혼자 세상에 붕 떠서 초조하고 불안했다. 나는 왜 이렇게 되었고 왜 여기까지 왔을까. 되돌리고 싶은 순

간들이 너무 많았다. 되돌리고 싶은 순간이 많아질수록 돌아오지 않는 것들이 아른거렸고, 그것들은 나아가는 나를 자꾸 잡았다.

영원하다 믿고 싶은
내 마음은 영원하다

영원한 것은 없지만 간혹 어떤 것은 영원할 것이라 착각할 때가 있다. '익숙한' 것은 사실은 너무 '소중한' 것이어서, 그 대상을 뺀 나의 삶을 상상할 수 없기에 영원하다고 착각하는 게 아닐까.

그들의 육신이나 존재 자체는 영원하지 않을 수 있다. 하지만 나의 삶 속에는 나의 머리와 가슴에는 영원히 남아 영원하지 않을까, 그럼 그것은 영원하다 할 수 있지 않을까.

영원하기를 바라는 나의 마음이 영원하기에 그들은 영원할 수 있지 않을까.

생각을 없애는
방법을 생각한다

생각이 너무 많아서 생각을 안 하고 싶다. 생각하고 싶지 않다는 생각에 나는 왜 이렇게 생각이 많은가 또 다른 생각이 생긴다. 죽으면 생각이 없어질까, 죽는 방법을 다시 생각한다. 감정은 차갑게 죽었는데 몸이 죽지 못해 생각만 늘어진다.

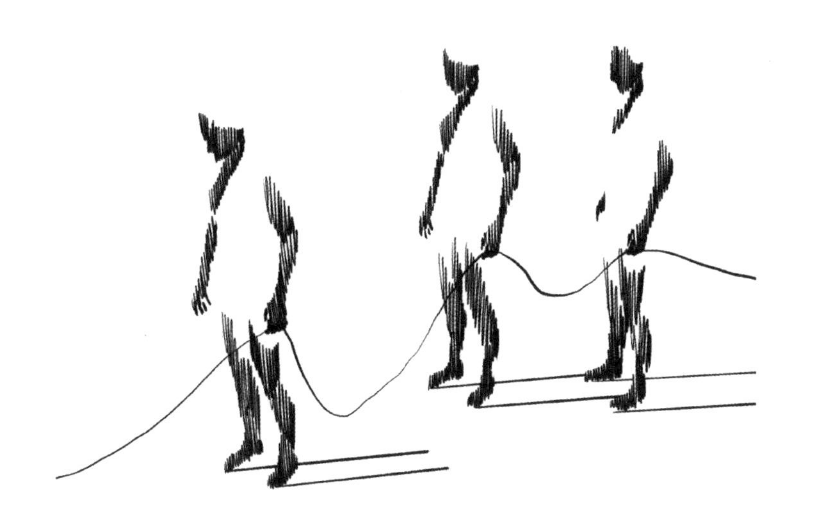

보여주기 위한 삶

요즘 내가 제대로 하는 일이 뭘까. 예전엔 열심히 사는 스스로가 자랑스러웠는데, 지금은 열심히 사는 척하고 있어서 부끄럽다. 의욕이 떨어진다기보단 체력이 떨어지고 정신이 피폐하고 마음은 불안정하다.

놀 땐 화끈하게 놀면서 할 일은 완벽하게 끝내는 뚝심과 집중력이 나의 경쟁력이자 차별점이라고 믿었는데, 지금은 노는 것도 재미없고 할 일도 미룬다. 한마디로 놀지도 못하고 일도 못 하는, 이도 저도 아닌 애매한 스타일.

취미인 독서마저도 넓은 지식을 쌓기보단 한 분야만 파고들고 있다. 어느덧 감정이 불안해져 마치 내가 소설 속 주인공이라도 된 듯 모든 상황을 드라마틱하게 부풀려 해석한다. SNS에 자랑하기 위한 인생만을 사는, 알맹이는 그대론데 껍데기만 커져 빈 곳만 늘어가는 실속 없고 별 볼 일 없는 삶.

사회 초년생

계속 우울했다. 자신이 없었다. 처음 해보는 일이라 실수가 잦았고, 긴장할수록 실수가 반복됐다. 잘해보려고 시도한 일은 과유불급이 됐고 피해 주지 않으려 가만히 있으면 수주대토하는 것처럼 보이기 십상이었다. 아침을 혼나며 시작했고 점심엔 혼나다 지쳤고 저녁엔 그 피로가 쌓일 대로 쌓였지만, 터지기 전에 무너졌기에 아무 감정도 들지 않았다.

나는 멍청하지 않은데, 조금만 더 기다려주면 할 수 있는데, 조금만 더 알려주면 잘할 수 있는데. 서운한 건 둘째치고 억울했다. 잘난 게 없다는 건 알지만 그래도 못나진 않았는데. 자괴감에 눈물까지 났다. 내가 그렇게 별로고 못난 사람이었나.

차라리 어떤 부분이 부족한지 솔직하게 말해주길 바랐다. 아무 말 없이 내쉬는 한숨은 나의 존재 자체를 부정하는 소리처럼 들렸기 때문이다. 나름대로 사회 경험이 많다고 생각했지만 처음은 늘 처음이었다. 여러 번 해보았다고 처음이 아닌 것은 아니었다. 꾸중은 여러 번 들어도 늘 처음인 듯 아팠으며 한숨은 늘 처음처럼 무거웠다. 하지만 알량한 자존심 때문에 스스로 '일을 못한다'고 인정하기 부끄러웠다. 그저 다른 사람들에게 멋지고 대단한 일을 하는 사람처럼 보이고 싶었고 행복하게 일하는 사람처럼 나 자신을 꾸미고 싶었다.

그렇게 자존감이 떨어져가던 어느 날 선배님이 해준 말이 다시 나를 일으켰다.

"너는 자존감이 높은 사람이야. 상대가 뭘 좋아하고 싫어하는지 알고, 네가 어디까지 맞춰줄 수 있는지 정확한 기준이 있어. 또 스스로 뭘 잘하고 못하는지 알기 때문에 잘하는 부분에서는 성과를 내고 부족한 부분에선 적극적으로 물어보며 배우려 하지. 너는 여기 온 이후로 자존감이 낮아졌다고 말하지만 내가 봤을 때 너는 자존감이 누구보다 높아. 네가 진짜 자존감이 낮잖아? 그럼 애초에 여기 올 생각도 못 해. 자존감이 낮은 사람은 서류를 제출하기도 전에 내가 이곳에 적합할까 고민만 하다 결국 포기해. 너는 준비된 사람이었고, 스스로를 믿었기에 기회를 잡은 거야."

나도 몰랐던 나의 자존감을 선배님이 긍정하고 근거까지 대주자 울컥하는 마음에 눈물을 참기 힘들었다. 맞다. 우리는 스스로 자존감이 낮다고 말하지만, 사실은 낮은 게 아니라 높을 이유를 찾지 못했을 가능성이 더 크다. '할 수 있다'고 생각해도 왜 내가 할 수 있는지 이유를 찾지 못하니 스스로에 대한 믿음이 꺾이고 자연스레 자존감이 낮아지는 것이다.

이유 같은 건 필요 없다.
할 수 있다는 생각 자체가 자존감이다.

자신을 믿는 마음 자체가 자존감이고, 실제로 성취했을 때 얻는 게 자신감이며, 그 자신감은 다시 다음에도 해낼 수 있는 자존감을 만든다.

사회생활을 시작하고 온갖 실수를 반복하는 동안 비록 자신감은 고취되지 못했으나 잘해보겠다는 의지는 자존감 향상으로 이어졌다. 내가 무능하다는 생각에 기가 죽어 자신감이 바닥을 치던 순간들은 있었지만 더 잘해보겠다는, 더 잘하고 싶다는, 더 잘할 수 있을 것 같다는 생각은 변치 않았다.

자신감은 상황에 따라, 상대의 반응에 따라, 나의 성과에 따라 언제든지 솟구칠 수도 있고 곤두박질칠 수도 있다. 반면 자존감은 성취 유무와 상관없이 묵묵히 자신을 믿어주는 힘, 할 수 있다 믿고 설령 해내지 못했어도 또 해보겠다는 열정에서 나온다.

견고해진 자존감이 결실을 얻는 순간 자신감이 생겨나며, 자신감이 생기면 한 걸음 더 나아간 발전된 자아와 마주할 수 있을 것이다.

장례식

관계에서 죽음이란 완전한 소멸이 아닌 부재를 뜻한다. 다시 만날 일 없거나 절대 돌아오지 않거나 완전히 떠난 사람은 죽지 않아도 죽은 사람이다.

강박증

어제는 가위에 눌렸는데 살려달란 말을 못 했습니다.

오늘은 화를 못 내 숨을 못 쉴 뻔했습니다.

다 죽여버리고 저도 죽어버리고 싶습니다.

가끔은 구석에 앉아 책을 읽는 행위가 역겨워 눈물이 납니다.

저에게 독서는 취미가 아니라 생존 수단입니다.

급하게 삼켜버려 소화되지 않는, 마음속 깊은 곳에 잔존하는

감정의 조각을 뱉어낼 공간이 저에겐 책밖에 없습니다.

갈수록 심해지는 침체와 고립을

사색과 완고함이라 착각하고 살았습니다.

오늘은 두 명 더 차단하고 한 권 더 책을 사왔습니다.

마음의 빚

치아 통증으로 새벽에 갑자기 실려 간 응급실. 진통제를 세 번이나 투여했는데도 통증이 가라앉지 않았다. 처음엔 대수롭지 않게 생각했던 간호사들도 화장실 세면대에 받아놓은 물을 몇 시간째 정신 나간 사람처럼 입에 머금었다 뱉는 나를 보더니 사태의 심각성을 느낀 듯했다. 옷은 쫄딱 젖었고 머리카락에선 갓 샤워한 사람마냥 물이 뚝뚝 떨어졌다.

사람이 이렇게 존엄을 잃는구나, 한없이 추해진 몰골을 보며 생각했다. 나는 고통에 강한 타입이라 생각했는데 이건 차원이 다른 고통이었다. 대화가 불가능했다. 말하려고 찬물을 삼키는 순간 입안이 견딜 수 없이 뜨거워졌다. 부어오른 볼을 계속 쥐고 누르다 보니 피부에 멍이 들었다. 퇴원은 취소됐고 병원 측에서 치과 의사를 호출했다.

아침 7시에 강의가 잡혀 있었는데 진료가 늦어지자 불안했다. 아픈 건 아픈 거고 일은 일이었다. 공과 사는 구분하고 싶었다. 책임감이 없다는 말, 어려서 뭘 모른다는 말, 개념 없다는 말은 듣고 싶지 않았다. 외모와 성격이 눈에 띄는 편이라 더 조심해야 했다. 금방 화제에 오르는 만큼 언제든 나락으로 떨어질 수 있었다.

예전부터 그랬고,
지금도 그렇다.

내가 만든 이미지니까 아무도 원망하지 않았다. 대신 언제나 더 보여주려 했고, 더 일하려 했다. 하지만 정신력으로 버틸 수 있는 고통이 아니었다. 오전 수강생들에게 교차 수강을 권할 수밖에 없었다. 거기까지 생각이 미쳤지만 연락할 방법이 없었다. 급하게 나오느라 겉옷도 못 챙겼는데 업무용 핸드폰을 챙겼을 리가.

결국 친구에게 전화를 걸어 집 비밀번호를 알려주며 학원에 대신 연락해달라 부탁했다. 그런데 친구가 업무용 핸드폰을 챙겨 병원으로 와버렸다.

도움을 요청하면 나와줄 사람이 더 있었을지도 모른다. 하지만 거울로 본 내 모습은 말이 아니었다. 속눈썹은 반이나 빠졌고 머리는 산발이었다. 옷은 전부 젖었고 발은 맨발이었다. 누구에게도 이런 모습을 보이고 싶지 않았다. 살이 조금만 쪄도 사람 많은 자리를 피하는 난데, 하물며 이렇게 처참한 모습이라니, 타인에게 보여주는 것이 죽기보다 싫었다. 아니나 다를까 친구가 나를 못 알아보고 두 번이나 지나쳤다. 이름을 불러야 하는데 입을 벌릴 수 없어서 친구를 툭 쳤다. 순간 무서웠다. 나를 외면하면 어쩌지, 괜히 왔다고 생각하면 어쩌지. 친구에게 거부당할까 봐 두려웠다.

"너 겉옷은?"
날 보자마자 친구가 한 말이었다.
그런 친구에게 택시비조차 쥐여주지 못해 미안했다.

잇몸에 마취 주사를 맞고 겨우 진정할 수 있었다. 퇴원 수속을 밟고 수납하러 갔더니 친구가 이미 수납했다는 답변이 돌아왔다. 집에 오자마자 쪽잠을 자고 맨얼굴로 강의를 나갔다. 강단에 서는 일이 직업인 만큼 예뻐 보이기 위해서가 아니라 흐트러진 모습을 보여주지 않기 위해 출근 전 화장을 꼭 했는데 그때 처음으로 내 신조가 깨졌다. 죄송했고 또 죄송했다.

강의가 없는 시간을 틈타 바로 수술을 받았다. 문제의 치아를 누르자 경기가 일어났고 또 한 번 진정제를 맞았다. 의사는 치아 신경이 다 죽었다고 했다. 발치까지 염두에 두어야 하는 상황이란다. 단숨에 이 지경까지 악화됐을 리는 없는데 그동안 어떻게 버텼냐고 의사가 물었다. 아파도 참는 게 습관이라고 대답했다.

마취 상태에서 강의를 하니 침이 흘렀고 발음이 샜다. 교차 수강이 힘들다는 수강생을 위해 따로 수업 영상을 촬영했다. 영상을 확인하자 퉁퉁 부은 얼굴과 팔목에 미처 자르지 못한 응급실 팔찌밖에 보이지 않았다.

마지막 수업이 끝나고 집에 오니 그제야 배가 고팠다. 먹을 게 없다는 걸 알면서도 괜히 한번 냉장고를 열어봤는데 사놓지도 않은 죽과 김치, 그리고 비타 오백이 놓여 있었다.

은혜를 돌려주어야 할 사람들이 너무 많다.
평생 가도 못 갚을 마음의 빚만 늘어간다.

조금 더 현명하게 사는 방법

1. 내 감정은 내가 책임지자.
   내가 기대했기 때문에 실망한 것이고,
   내가 믿었기 때문에 상처받은 것이다.

2. 좋은 사람인지, 필요한 사람인지 생각하자.
   좋은 사람도 나와 맞지 않으면 결국 좋지 않고,
   필요한 사람도 내가 좋지 않으면 결국 필요하지 않다.

3. 용서는 나를 위해 하는 것이다.
   가슴속에 미워하는 사람을 품고 살아가면
   그 미움에 허덕이는 쪽은 결국 나 자신이다.

4. 아무리 화가 나도 마지막 말은 하지 마라.
   진정된 다음엔 분명 하지 않길 잘했다고 생각할 것이다.

5. 스트레스 푸는 방법을 찾아라.

스트레스를 받지 않는 방법 따윈 없다.

스트레스를 현명하게 푸는 방법을 찾아라.

6. '모른다', '어렵다'는 말 뒤에 숨지 마라.

알 때까지 공부하지 않은 것이고

쉬워질 때까지 노력하지 않았을 뿐이다.

7. 선의인지, 호의인지 구분해라.

모두에게 잘해주면 선의,

나한테만 잘해주면 호의.

선의에는 대가가 없지만,

호의에는 대가가 따른다.

8. 아니다 싶을 때 그만하라.

"가야 할 때 가지 않으면,

가려 할 때 갈 수 없다."*

---

* 로저 도널드슨, 〈세상에서 가장 빠른 인디언〉

9. 사랑하고 일하라.

"일하고 사랑하라.

사랑하고 일하라.

그게 삶의 전부다."*

10. 일상의 행복이 진짜 행복이다.

하루 전체가 행복하진 않았어도,

전체 하루에 행복했던 일 하나 정도는 있었을 것이다.

11. 결과만을 보지 마라.

결과를 비교하지 말고,

과정을 비교하라.

12. 실패도 스펙이다.

실패는 도전의 증거이며

곧 열정과 용기이다.

13. 착한 사람과 호구는 다르다.

원하는 것은 말하고,

---

* 낸시 마이어스, 〈인턴〉

불공평한 것은 짚고 넘어가라.
내 권리는 내가 찾아야 한다.

14. 세상은 불공평하다.
인정하고 시작하라.

15. 성격은 고정된 것이 아니다.
상대나 상황에 따라 변하고
환경과 세월에 맞게 변하는 유동적인 것이다.

16. 늘 웃고 칭찬하고 감사하라.
감정은 전달되고
진심은 전해진다.

나쁜 여자의
이상형

나는 '좋은 여자'가 결코 아니다.

호불호가 분명하고
주장이 뚜렷하고
신념이 확고하다.

나 자신이 무엇보다 우선이라 내게 도움 되지 않는 것은 칼같이 잘라낸다. 물론 어느 정도는 융통성 있게 포용하지만 근본적으로 누군가가 길들이거나 가둬둘 수 있는 타입은 절대 아니다. 그렇기에 함께 발전하고 나를 성장시킬 수 있는, 나와 비슷하거나 나보다 현명한 사람을 원하지 얄팍한 감정으로 내 전부를 파괴하는 사람은 만나고 싶지 않다.

좋아하는 것과 잘하는 것

지금까지 다양한 일을 해보니 역시 어떤 일을 할 때 그 일을 좋아하느냐 아니냐는 중요하지 않다. 좋아하는 일이 직업이 되면 그 순간 짐처럼 여겨졌다. 좋아하는 노래로 알람을 맞추면 소음이 되는 것과 같은 원리였다. 초심의 간절함은 일찌감치 사라졌다. 어느 순간 보여주기식으로 일하고 겉핥기식으로 문제를 해결하는 나를 발견했다. 그렇게 버린 시간을 대가로 약간의 빚을 더해 좋아하는 일은 취미로 남겨두고 잘하는 일을 하자는 깨달음을 얻었다.

선택과 집중을 해도 성공할까 말까 하는 세상에서 좋아하는 일을 선택한다는 것은 굉장히 가난해지는 일이다. 좋아하는 일은 나를 열정적인 사람으로 만들어주지만, 그저 열정적인 사람으로밖에 만들어주지 않는다. 정말 획기적인 나만의 경쟁력이 없는 이상 늘 평균 언저리를 맴돌 뿐이며 그러다가 결국 이 사회에서 도태될 수밖에 없다. 내가 능동적이고 열정적으로 임해도 통장 잔고는 나를 수동적이고 게으르다고 할 것이다. 나도 그랬다. 그래서 자꾸 밀려났다. 내 열정에도 의구심이 들었다.

그리고 사실 그렇게 열심히 하지도 않았다. 위기를 모면할 만큼만, 평균을 따라갈 만큼만 했지 내 모든 걸 쏟아붓진 않았다. '나는 재능이 없나?', '이 길은 내 길이 아닌가?' 연이은 실패 끝에 내가 성공하지 못하는 이유를 합리화하기 시작했다. 부조리한 세상 탓, 깐깐하고 기준만 높은 남 탓, 재능도 없고 실력도 없는 내 탓으로 실패의 원인을 돌리며 나를 안심시키기 바빴다.

삽질 끝에 내가 내린 결론은, 생존을 위해선 좋아하는 일보다는 잘하는 일을 선택하고, 좋아하는 일을 하기 위해선 다른 생존 방식을 대비해둬야 한다는 것이다. 좋아하는 일을 하려면 누가 봐도 "얘는 이거 존나 좋아하는구나"라고 할 만큼 좋아해야 한다.

이 단계를 오르면 남들의 인정이나 통장 잔고와는 별개로 스스로 만족감과 자부심을 얻을 수 있다. 물론 아무리 열심히 해도 세상엔 나보다 잘나고 똑똑한 사람이 널렸다. 하지만 정말 잘하고 싶은 일은 그 욕심을 줄일 수 없기에 배로 힘을 쓰고 노력한다. 스스로 충분히 노력했다면 남을 이기는 것, 일등이 되는 것은 더는 상관이 없어진다.

아마 그 차이가 아닐까? 좋아하는 일에 돈이 따라오는 것, 그리고 돈이 따라오지 않아도 연연하지 않는 것, 그런 자세와 마음가짐을 유지하는 태도에서 안정감이 나오며 그 안정감이 삶을 평탄하게 만들고 올곧은 길을 걷게 한다.

내가 쏟아붓는 열정이 당장은 현금화되지 않고 그 열정을 아무도 몰라줄지언정, 비록 요즘 세상이 말하는 "잘 산다"의 기준과는 다를지언정 나는 그 누구보다 잘 살고 있다는 생각이 드는 밤이다.

행복은 없는 것

"결국 행복은 '바라는 게 없는 상태'다."*

끊임없이 더 행복해지고 싶었다. 그래서 끊임없이 노력했고 끊임없이 좋은 사람을 찾았으며 끊임없이 많은 것을 가지려 했다.

하지만 노력할수록 힘이 들었고 좋은 사람을 찾을수록 나쁜 사람들을 만났고 많은 것을 가지려 할수록 많은 것을 잃었다.

이제야 깨달았다. 행복이란 무언가를 해내고 누군가를 찾고 전부를 가져야 하는 것이 아니라 무언가를 하지 않아도, 누군가가 곁에 없어도, 아무것도 갖지 않아도 괜찮은 것, 바로 그 상태를 말하는 것이었다.

---

* 박연준, 《모월모일》

지금 그대로를,

바로 지금을 이야기하는 것이었다.

행복을 행복이라 깨닫는 순간 행복해졌다.

여행 가고 싶다

여행 가고 싶다는 말을 입에 달고 살았는데 막상 떠나려니 갈 곳이 없었다. 대부분 이미 가봤거나 익숙한 곳이었으며 멀수록 부담감이 커졌고 새로울수록 망설임이 길어졌다.

사실 가깝고 익숙한 장소라도 내가 달라져서 돌아온다면 그게 바로 여행 아닐까. 어떤 대단한 경험이나 추억을 안고 돌아오지 않아도 어깨를 무겁게 했던 짐을 내려놓고 비우는 과정이 바로 나에게 필요한 여행이 아닐까.

성공을
부추기는 사회

성공을 부추기는 사회가 너무 싫다. 꿈과 열정을 갖고 노는 사람들도 진절머리가 나는데, 세상마저도 내 꿈과 열정을 갖고 노는 것 같다.

꿈을 위해 돈을 벌었는데 돈을 벌다 보니 꿈을 팔아야 하는 순간이 온다. 꿈을 위해 잠을 줄였는데 개 같은 새끼들이 잠을 같이 자자고 한다.

사회는 인간이 되는 법이 아닌 돈을 잘 버는 법을 가르친다. 나의 미성숙함, 간절함, 두려움 그리고 조급함을 이용하는 사회에 미친 듯이 화가 난다.

나는 내 꿈을 찾아 이것저것 시도하며, 그 시도를 통해 돈을 벌고 사람들을 만나는 중이다. 그렇게 살다 보니 좋아하는 일이 생기고 하고 싶은 일이 생기고 잘하는 일이 생긴다. 좋은 사람을 만나고, 좋은 환경을 만나고, 좋은 상황이 오길 기다리며 열심히 노력한다.

꿈을 당당히 이룰 수 있도록 세상도 나를 도와줬으면.

나만의 문제

많이 힘들었고, 많이 힘들고, 많이 힘들 것이다. 그 어떤 말도 나에겐 위로가 되지 않았다. 왜냐하면 내 문제였으니까.

나는 그 어떤 위로도 받아들이지 못하고 있었다. 조금의 위안도 느끼지 못했고 나 스스로도 무엇이 문제인지 알 수 없었다. 해결할 방법이 없어서가 아니었다. 해결하고 싶은 의지가 없었다. 계속 이렇게 살고 싶지는 않았지만 그렇다고 어떻게 살고 싶다는 생각도 없었다.

"이대로도 괜찮겠지"라는 매너리즘과 안일함, "이대로는 안 되겠어"라는 초조함과 불안함. 이 모든 복잡한 감정이 뒤엉켜 이랬다저랬다 하는 사이 여기까지 왔다. 그 끝에 와보니 남은 것이 아무것도 없었다.

사람들에게 있는 그대로의 나를 보여주는 일이 항상 무서웠다. 나를 온전히 드러냈을 때 곁에 남는 사람이 별로 없었다. 내가 사람을 잘못 봤기 때문이라고 둘러대고 싶진 않았다. 함께했을 때는 누구보다 나에게 필요했던 사람들이니까. 그리고 나조차도 마음에 들지 않는 내 모습을 타인에게 사랑해 달라고 요구할 순 없으니까.

항상 가면을 쓰고 살아왔다. 재미없어도 재밌는 척, 행복하지 않아도 행복한 척, 잘 사는 척, 괜찮은 척, 혼자서도 잘 해내는 척, 멋진 척, 쿨한 척. 이미지를 그렇게 만들고 나니 나를 좋아하는 사람들이 훨씬 많아졌다. 나도 편했다. 그러다 어느 순간 내가 진짜 그런 사람이 된 줄 알았다. 내가 변한 줄 알았다. 바뀐 줄 알았다. 그런데 머지않아 그게 착각이고 망상이라는 사실을 깨달았다.

그래도 나 계속 노력하려고.
그 모습이 진짜 내 모습이 될 때까지 노력하려고.

건강도 돈이었다

하루 동안 먹은 진통제가 한 팩이었다. 건강이 중요하다는 건 알고 있었지만, 건강보다 우선적으로 처리해야 할 일들이 많았다. 현실은 냉혹했다. 건강을 유지하는 방법도 전부 돈이고 시간이었다.

일찍 자고 일찍 일어나는 버릇이 생긴 줄 알았더니 불면증에 잠 못 들고 수면 부족에 일찍 깼던 것이다. 늘 추웠고 어지러웠다. '이러다 죽는 거 아니야?'라는 생각도 들었지만 거울에 비친 내 모습은 죽기에는 너무 건강해 보였다. 나에게 건강이란 그런 것이었다, 보이는 곳만 챙기는.

어느 순간 내가 이를 꽉 물고 잔다는 사실을 깨달았다. 수면 습관은 스스로 알기 어렵다던데, 일어났을 때 느껴지는 어금니 통증과 상처 난 볼 때문에 알아챌 수 있었다. 어쩌다 한 번 있는 일이겠거니, 하고 크게 신경 쓰지 않았는데 언젠가부터

이가 너무 아파서 식사는커녕 말하기도 힘들었다. 급하게 치과에 가니 스트레스성 수면장애라는 진단을 받았다. 평소에 긴장이 심하고 스트레스가 많아 잘 때 이를 물면서 해소하는 거란다. 자는 순간까지 스트레스를 받는 내 몸을 생각하니 너무 참담했다. 도대체 내 몸뚱어리는 언제 어떻게 쉴 수 있지. 스트레스는 안 받겠다고 안 받을 수 있는 게 아닌데, 몸의 반응을 내가 어떻게 컨트롤할 수 있지.

아프니까 더 예민했고
아프니까 더 서운했다.

아프니까 자야 했는데,
아프니까 잠도 못 잤다.

위로받고 싶은데 투정 부린다 생각할까 무서웠다. 정말 투정이라 할지라도 딱히 부리고 싶은 사람도 없었다. 내 전부를 이해해달라기엔 관계들이 너무 가벼웠다. 혹은 너무 무거웠다. 기대도 안 했다. 이게 당연한 거지.

이제 익숙하다.
이런 공허함, 이런 의미 없음, 이런 부질없음.

다들 나에게 여유를 가지고 쉬라고 조언했지만 잠을 잔다는 사실에도 죄책감을 느꼈다. 항상 뭔가 해야 할 것 같고, 뭔가를 성취해야 할 것 같은 압박감에 미쳐가는 듯했다. 당장 월세며 식비며 생활비가 빠듯해 휴식이 사치스럽게 느껴졌다. 그나마 일하는 동안에는 아무 생각이 안 드니 차라리 일만 하고 싶다는 생각도 했다. 일만 하다 이렇게 병이 났으면서.

마음만은 가난해지지 말자 생각했는데 웃음마저 잃어갈까 무섭다.
늘 생각하지만, 삶이 복잡할수록 주위가 비워진다.

받아들일 수 없는 것을 받아들일 때

첫째,

나는 확실히 성장했고 확연히 성숙해졌다.

전보다 감정 조절에 능숙해졌고 상황 대처 능력도 빨라졌다.

현실적으로 감성적이면 감성적으로 현실적인 사람이 되었다.

둘째,

지금까지 배웠던 것들의 이면을 배웠다.

채우기보다 비우기가 어렵고 가지는 것보다 포기하는 게 어려우며 남에게 인정받는 것보다 남을 인정하는 게 어렵다는 것을. 변하는 것보다 변하지 않는 게 어렵고 기억하는 것보다 잊는 게 어려우며 사랑하는 것보다 미워하는 게 어렵다는 사실을 깨달았다.

셋째,

당연시하던 것들에 감사하는 겸손한 마음을 얻었다.

인생에 불필요한 요소를 제거하면서 있는 그대로의 삶에 만족하게 되었다.

내 안의 질투 다스리기

이렇게 바빴던 적이 있을까.
아무리 정신력을 발휘해도 육체의 피로와 내면의 피폐함을 어쩔 수 없다. 미친 듯이 일하는데도 수입은 그대로, 건강은 적신호. 잘해도 부족해 보이고, 열심히 살수록 태클이 걸려오고. 착하게 굴면 호구, 영악해지면 나쁜 년.

나는 먹고 싶은 것 먹고, 사고 싶은 것 사고, 가고 싶은 곳 가려고 이렇게 치열하게 사는데 왜 매일 놀기만 하는 사람들은 먹고 싶은 것 다 먹고, 사고 싶은 것 다 사고, 가고 싶은 데 다 가는 것 같지. 억울하다 못해 그들이 미워지기까지 한다.

그래, 나는 지금 쉴 수 없으니까 그들을 질투하는 거고 그 질투가 미움이 된 거야. 그들의 잘못이 아니다. 나는 행복을 미래에서, 그들은 현재에서 찾을 뿐이다. 행복의 기준이 다르고 관점이 다르고 노력의 방향이 다를 뿐이다. 나는 '당장은 일해야 하지만 내일은 쉴 수 있다는 기대를 주는' 금요일을 좋아하는 사람이고, 그들은 '내일은 일해야 하지만 당장은 쉴 수 있는' 일요일을 좋아하는 사람들일 뿐이다.

다만 금요일에 완벽히 일을 마무리해놓은 사람의 토요일과 해야 할 일을 끝내지 않고 다음 날로 넘어온 사람의 토요일은 굉장히 다르겠지. 언젠가 누구보다 화려하고 여유로운 토요일을 맞이할 수 있다는 확신으로 나는 오늘도 애써 힘들겠다.

주님의 기도

"나는 마음이 몹시 괴로워 신음을 하며 크게 울었다.
그리고 흐느끼면서 이렇게 기도하였다."*

몇 년간 성당에 가지 않았다. 바쁘기도 했지만 신앙에 진실하지 않다는 부끄러움 때문이기도 했다. 나는 내가 필요하고 힘든 순간에만 짧게 기도를 올렸고 그마저도 들어주지 않으면 불평했으며 왜 내가 이런 고통을 겪어야 하냐고 신을 원망했다.

사실 신앙심이랄까, 믿음이랄까. 누군가에게, 그것도 보이지 않는 누군가에게 기댄다는 행위가 위선처럼 느껴졌다. 하지만 눈에 보이는 모든 것은 변했고, 어느 순간 눈에 보이는 것들이 더 무의미하단 생각이 들었다.

---

* 《토비트》 3장 1절

몇 년 만에 미사를 보았다. 미사가 끝난 후 느낀 홀가분함은 정말 오랜만에 느끼는 해방감이었다. 누군가에게 기대고 싶으면서 아닌 척하는 지난날이 힘들었나 보다. 머리로는 의지한 적 없으면서 정작 마음은 주님에게 온전히 기대고 있음을 깨닫자 눈물이 터졌다. 주변의 어쭙잖은 조언이나 위로보다 오히려 침묵으로 답하심에 큰 위안을 받았다. 그 어떤 간섭도, 평가도, 위로도, 응원도 없는 응답이 너무나 감사했다.

'주님의 기도'에는 이런 구절이 있다. "저희에게 잘못한 이를 저희가 용서하오니 저희 죄를 용서하시고…." 나의 죄를 용서받기 위해선 나에게 잘못한 이를 먼저 용서해야 한다는 말이다. 나는 과연 그들을 진심으로 용서할 수 있을까. 내가 그들을 용서하지 못한다면 나의 죄도 용서받지 못할 것이다.

결국 용서는 나를 위해 하는 것이다. 내가 너무 미워해서 그들도 힘들었을 것이다. 너무 미워해서 그들의 좋은 점을 보지 못했다. 그들이 나에게 준 좋은 것을 받지 못했다. 그들의 잘못이 아닌 일까지 그들 탓을 하며 사과를 바랐다. 여기까지 생각하자 미운 사람들이 미안한 사람들로 변했다.

그들이 더는 나의 못난 마음에 상처받지 않길 기도했다. 사람의 마음을 사람의 머리로는 이해할 수 없었기에 주님의 힘을 빌렸는데, 주님은 그보다 더 큰 사랑을 베풀 수 있는 기쁨을 주셨다.

마음에 독기를 빼니 사람이 살 만해지더라. 내가 정말 많은 것을 원망했더라, 그중에서도 나 자신을 가장 많이 원망했더라. 힘든 순간이 닥칠 때마다 내가 선택한 일이라며, 내가 무언가를 가지려 했고 내가 무언가를 내려놓지 못했기 때문이라며 스스로를 탓했다.

이해하지 못하면서 이해받길 바랐고
용서하지 못하면서 용서받길 바랐다.

삶은 간단하다.
받았던 사랑은 돌려주고
주었던 사랑을 돌려받고
그냥 그렇게 살아가면 된다.

다들 살 만해서 사는 게 아니라
사니까 산다.
살아지니 사는 거다.

많은 것을 받았다.

이제 돌려줄 일만 남았다.

사랑합시다.

감사합시다.

봉사합시다.

봉헌합시다.

자신감과 자존감

자신감과 자존감은 다른 개념입니다. 내가 '남들보다' 우위에 있을 때 느끼는 우월감이 자신감이라면, 내가 '내 생각보다' 더 괜찮은 사람이었을 때 느끼는 성취감이 자존감입니다. 즉, 자신감이 내가 통제할 수 없는 외적 요인으로 결정된다면 자존감은 나만이 통제할 수 있는 내적 요인으로 결정됩니다.

자존감은 낮으면서 자신감만 높은 사람들은 대체로 자격지심과 질투가 심하더라고요. 본인 스스로 무언가를 이루려 노력하기보단 주위에서 던져주는 한두 마디에 우쭐해 안주하기 때문에 발전도 없고 노력도 없습니다. 본인도 본인의 능력치를 모르거든요. 확신이 없는 거죠. 자존감은 없는데 남들과 비교해서 얻은 자신감만 있으니 다른 사람이 본인보다 잘나가거나 본인이 최고가 아니면 불안해합니다. 그래서 상대방을 끌어내립니다. 그래야만 자기가 올라갈 수 있다고 생각하기 때문이죠.

저는 수백 번 넘어졌고 수천 번 깨져봤습니다. 저의 한계에 부딪혀 주저앉은 적도 있지만 주변에서 던지는 기운 빠지는 말에 꺾인 적이 더 많았습니다. 그럼에도 묵묵히 제 갈 길을 갈 수 있었던 이유는, 저는 제 가치를 아니까요.

제 가치는 오롯이 제 노력에 달려 있지, 남들의 평가 한두 마디에 달려 있지 않습니다. 어디가 부족한지, 그리고 어느 부분에서 성과를 낼 수 있는지 냉철하게 현실을 직시한 후 최선을 다합니다. 최선을 다하다 보면 언젠간 잘하게 됩니다. 잘하다 보면 자존감이 붙습니다. 자존감은 이렇게 키워가는 것이지 남들의 의미 없는 칭찬으로 만드는 것이 아닙니다.

자존감이 하루 만에 완성되는 것이었다면 세상 사람들이 이렇게 열심히 살 이유가 없겠죠. 남들에게 인정받지 못할 때, 스스로 초라하다고 느낄 때가 자존감을 높일 기회입니다. 나의 장단점을 정확히 파악하고 인정하는 것, 개선하는 것, 최선을 다하는 것. 그것이야말로 자존감을 높이기 위한 가장 중요한 태도입니다.

살아 있을 때 살자

"그녀는 자잘한 결점들과 싸우느라 지쳐 정작 중요한 문제에서는 쉽게 무너졌다. 독립심 강한 여자처럼 행동했지만, 내심으로는 같이 지낼 사람을 열렬히 갈구했다. 그녀가 나타나면 모든 시선이 그녀에게 집중되었지만, 그녀는 대개 홀로 밤을 보냈다. (…) 그리고 스스로 만들어낸 자신의 이미지에 부합하려 애쓰느라 모든 에너지를 소비했다."*

읽으면서 현기증이 밀려온 이유는 바로 내가, 며칠 전 죽으려 했기 때문이었다. 나는

나를

죽이지

않고서도

---

* 파울로 코엘료, 《베로니카, 죽기로 결심하다》

나를

죽이고

있는

사람

이었다.

죽고 싶다는 말은 입버릇이 됐다. 진짜 죽을 생각도, 용기도 없으면서 매일 죽을 생각만 했다. 그냥 그만하고 싶다는 소리였다. 도망가고 싶었고, 사라지고 싶었고, 없어지고 싶었다. 아무도 만나고 싶지 않았다.

그러면서도 누군가를 끊임없이 원했다. 필요로 했고, 갈구했다. 누군가 나를 빈틈 없이 끌어안고, 괜찮다고 다독이고, 잠들도록 재워주고, 눈을 마주치고, 손을 잡아주고, 머리카락을 넘겨주길 바랐다. 그런 따뜻함이 세상에 존재한다는 사실을 다시 한번 느끼고 싶었다.

죽고 싶다는 말은 간절하게 살고 싶다는 뜻이었다. 내가 죽고 싶었던 이유는 다시 한번 강렬히, 바르게, 열심히 살고 싶기 때문이었다.

장점과 매력

사람은 누구나 자신만의 매력을 가지고 있다. 매력은 그 폭이 매우 넓어 다양한 형태로 발현된다. 매력은 지극히 주관적인 느낌을 객관적인 장점으로 승화시키는 것이다. 그러기 위해선 나만의 특별함을 파악하고 그것을 강점으로 만들어 극대화시켜야 한다.

결국 매력이란 상대와 나를 동시에 동요시키는 자극이다.
자극 없는 매력은 진부한 장점일 뿐이다.

여행에 관하여

"여행은 언제나 돈의 문제가 아니고 용기의 문제다."*

밴쿠버에서 두 시간 정도 걸려 당일치기로 놀러 가기 좋은 휘슬러. 만년설 서린 풍경이 아름다워 캐나다의 겨울 정취를 느끼기 좋은 곳으로, 올림픽 개최지였던 만큼 북미 최대 스키장과 야외 스파 등의 관광시설이 몰려 있다.

캐나다에서 지내던 시절, 가평에 놀러 가는 기분으로 휘슬러에 다녀와야겠다고 생각했다. 하지만 한국으로 돌아오기 한 달 전까지도 함께 여행할 만한 친구를 사귀지 못했고 그렇다고 혼자 다녀올 용기는 도저히 나지 않았다. 그러던 어느 날 무슨 바람이 불었는지 한 자리 남은 휘슬러행 버스표를 급하게 예매했다. 스파 계획을 세우고 수영복부터 읽을 책까지 완

---

* 파울로 코엘료, 《알레프》

벽하게 준비했다. 근처 맛집까지 조사한 후 기대감에 일찍 잠들었다.

새벽 다섯 시. 눈을 뜨자마자 지난밤의 충동을 후회했다. 더 자려고 뭉그적거리다 버스를 놓칠 뻔했을 땐 울고 싶었다. 스파 예약 시간을 착각해 밖에서 한 시간을 기다렸을 땐 얼어 죽을 뻔했다. 하지만 그때를 떠올리는 지금 나에게 휘슬러는 잊지 못할 추억이 되었다. 여행이란 그런 것이다. 꿈꾸고 있을 때보다 이뤘을 때가 더 아름다운 것.

나는 여행할 때 계획 속 무계획을 좋아한다. 가야겠다고 마음먹은 곳은 무슨 일이 있어도 가고, 먹겠다고 결심한 것은 몇 시간을 기다려도 먹는다. 하지만 변수가 생길 수 있다는 점을 잘 알고 있기에 여유를 가지고 계획을 짠다. 그 여유 속에서 뜻하지 않게 마주치는 것들이 있다. 이 모든 우연을

인연으로
필연으로
추억으로
기억으로

바꾸는 것이 내 여행의 목적이다. 사람마다 여행의 목적은 달라서 다양하다. 누군가에겐 관광일 것이고 누군가에겐 휴식일 것이며 누군가에겐 일탈일 것이다. 관광이 목적인 사람은 탐구욕이 강할 것이고 휴식이 목적인 사람은 고단한 삶에 지쳐 무거운 짐을 내려놓고 싶을 것이며 일탈이 목적인 사람은 고루한 관습과 진부한 삶에서 벗어나 새로운 자아를 발견하고 싶을 것이다.

나는 '계획 속 무계획'이라는, 결정할 수 있지만 통제할 수 없는 것에 대한 인정과 체념을 원했다. 상황을 다채롭게 받아들일 수 있는 포용력과 융통성을 원했다. 그렇게 성숙하고 성장하기 위해 여행하는 것이 아닐까.

결국 여행은 현실을 어떻게 살고 싶은지, 혹은 어떻게 살고 싶지 않은지의 모습이라는 생각이 든다.

청춘

청춘이 시작되길 기다리고 기다렸지만
끝내 오지 않아 배웅하고 돌아오니,
그제서야 내 무릎의 푸른 멍이 사라졌다.

청춘의 청은 그래서 푸를 청인 줄 모르고
옆에 두고 기다리다 끝난 나의…….

사람, 상황, 환경에 치였다

크게 아프고 난 후 찾아온 향수병과 우울증. 격심한 감정 기복, 병적인 무기력, 통제할 수 없는 외로움 그리고 무엇보다 지독한 인간 불신. 악순환의 반복.

낯선 사람들과 매일 부딪히며 하기 싫은 일을 억지로 해치우는 나날이었다. 친구와 소주 한잔 기울이며 펑펑 울거나 시원하게 욕하고 감정을 쏟아내면 덜 곪았을 문제를 혼자 담아두고 끙끙댔으니, 속이 새까맣게 타다 못해 잿더미가 된 느낌이었다. 집구석에 처박혀 와인을 마시며 영화 보는 시간이 더 편했고, 그런 생활이 한두 달 반복되자 현실감각이 눈에 띄게 떨어졌다. 삶에 대한 의욕이 점점 줄어들었고 이제 나 자신조차 내가 아닌 것 같았다.

혼자 지내다 보면 외롭다. 그 외로움은 남녀, 그러니까 이성에 대한 외로움이 아니라 사람에 대한 외로움이다. 그저 함께

밥을 먹고 영화를 보고 여행을 가고 얘기를 나눴으면 싶었다. 동반자 같은, 마음을 터놓고 시간을 나누고 공간을 공유할 수 있는 편한 친구가 필요했을 뿐인데.

남들은 남녀 사이에 친구가 없다고 말하지만 나는 친구 사이에 남녀가 없다고 생각해서 남자 친구는 만들기 쉬워도 친구는 만들기 어려운 이 세상이 더 견디기 힘들었는지 모른다.

우연과 인연

만나는 사람만 만나게 된다.
화려함의 역사는 이뤄봤으니
이제는 진실함의 영역으로.

그때 재밌었으면 된 거다.
그때 나눴으면 된 거고
그때 진심이었으면 된 거다.

모든 일엔 주어진 역할과 정해진 시간이 있고
인연 또한 마찬가지다.
억지로 이어갈 필요가 없으며
억지로 떼어낼 필요도 없다.
그리워하고 추억하되
아쉬워하거나 후회하진 말자.

만날 사람은 언젠간 만나게 되어 있고
간절하다면 어떻게든 만나게 되어 있다.
지금 당장이 아닐 수도 있고
생각했던 타이밍과 어긋날 수도 있지만
우연과 인연은 그런 것이다.

햇살 좋은 날 드라이브 가자는 사람보다
비 오는 날 데리러 오겠다는 사람이,
기분 좋은 날 같이 샴페인을 마시는 사람보다
울적한 날 조용히 소주잔을 기울여주는 사람이
더 얻기 힘들다는 사실을 알았다.

좋을 땐 아무나 함께해도 좋고
좋은 점은 누구나 좋아하겠지만
힘들 때 아무나 도와주지 않고
싫은 점을 누구나 좋아하진 않는다.

나한테 착한 사람이면 된 거고,
나한테 좋은 사람이면 된 거다.

어른이
되어간다는 것

살면서 계획대로 되는 일은 거의 없다. 인생은 매번 같은 답이 나오는 방정식이 아닌 상황과 문맥에 따라 다르게 해석될 수 있는 시와 같다. 완벽하길 고집한다면 인생이 버거울 수밖에 없다. 계획을 지켜야 한다는 압박감과 일이 틀어졌을 때의 조급함, 인정받지 못했을 때의 자괴감이 언제나 숨통을 조일 것이다.

중심은 지키되 나를 둘러싼 모든 것을 유연하게 받아들이는 연습이 필요하다. 잠깐 거리를 두고 멀리 보거나 많은 시간이 지나 되돌아보면 다르게 보이는 것들이 너무 많다.

영원한 건 없기에 있을 때 최선을 다하던 순간들.
돌아오지 않을 것을 알기에 붙잡지 말자 했던 인연들.
그리울 것을 알기에 더 많이 보고 더 많이 느끼려 한 사건들.

알고 있었지만 다시 한번 깨닫는다.
이해되지 않았던 일들이 한 문장으로 정리된다.

며칠을 앓았던 지난날의 고민과 걱정이 지금은 기억도 안 날 만큼 아득해졌다. 밤새 날 울게 만들었던 고통도 시간이 지나 옅어졌다. 하지만 가슴 벅찰 만큼 기쁘고 행복했던 순간은 지금도 나를 미소 짓게 한다.

감사할 줄 아는 일들이 늘어나며
점점 어른이 되어감을 느낀다.

나를 위하지 않는 사람들을 위해
살아가는 나를 위해

나는 자존감이 낮았다. 낮은 '편'이 아니라 확실하게 낮았다. 싫은 소리나 나의 단점에 관한 이야기를 들으면 밤새 괴로웠고 그 사람을 볼 때마다 그가 내게 했던 부정적인 말이 떠올라 불편했다. 왜 그런 말을 했는지 물어볼 용기도 없었다. 행여나 그 말이 사실일까 봐, 남들도 그렇게 생각할까 봐, 그런데도 내가 유난이라 생각할까 봐.

싫은 소리뿐만 아니라 칭찬도 받아들이기 어려웠다. 그냥 하는 말이겠지, 띄워주려는 의도겠지 하며 믿지 않았고 설령 진심이라 해도 왜 나를 좋아하는지 이해할 수 없다며 의심부터 했다. 가끔은 내가 좋은 사람이 아님을 증명이라도 하듯 억지로 스스로를 망가뜨리기까지 했다.

나를 향한 부정적인 말에도, 긍정적인 말에도 움츠러들었고 당당하지 못했다. 어떻게 반응해야 할지 몰랐고 장난조차 장난으로 웃고 넘기지 못했다. 남들이 던지는 한마디 한마디에 지나치게 의미를 부여했고 머릿속으로 오만 가지 상상을 했다. 겉으로는 아무렇지 않은 척했지만 속으로는 내 결점을 나 자신에게 확인시키며 스스로를 괴롭혔다. 그렇게 혼자 삭이고, 참고, 억눌렀다.

아무것도
아닌
일에도.

나는 남은 잘 이해하고 사랑하면서 정작 나 자신은 이해하거나 사랑하지 않았다. 아니, 정확히 말하자면 '않'는 게 아니라 '못'했다. 어릴 때부터 남을 사랑하라고 배웠지만 그 누구도 나에게 자신을 사랑하라고 가르쳐주지 않았다. 그러는 사이 너무 많은 타자가 내 삶의 주인이 되어버렸다. 나의 태도도, 나의 신념도, 나의 주관이나 가치관 모두 남들이 나에게 바라 왔던 것들이었다. 그래놓고 나는 원래 이런 사람이라고 착각하며 살았다. 나는 나를

이해하지도
인정하지도

사랑하지도 않는 이들에게

이해받기 위해

인정받기 위해

사랑받기 위해 살고 있었다.

chapter 2

사랑해서,
사랑하지 않아서

자의적 사랑

나는 그런 거 못 해, 머리로 하는 사랑이나 연애.
답장을 일부러 늦게 보내지도 못하고 맞는데 아닌 척도 못 해.
보고 싶으면 보고 싶다고 말할 거고 사랑하면 사랑한다고 말할 거야. 주말 아침마다 놀러 가자고 깨울 거고 밤마다 집에 안 간다고 떼쓸 거야. 금요일 저녁에 회식한다 하면 미워할 거고, 출근할 때 조금만 늦게 가라고 안 놔줄 거야.

해야 할 일이 산더미라도 제쳐둘 거고 잠을 아끼는 한이 있더라도 너에게 다 맞출 거야. 너는 답장이 늦더라도 나는 보자마자 답장할 거고, 설령 너에게 답장이 없어도 나는 계속 보낼 거야. 귀찮아하는 게 보여도 모르는 척할 거고 싫어하는 티 내도 눈치 없는 척, 모르는 척할 거야. 갑자기 집에 가라고 하면 뒤에서 조용히 따라갈 거고 뜬금없이 나오라고 하면 언제든 앞장서서 달려갈 거야.

자존심도 없고 속도 없고 완전 바보 같지?
그런데 난 내가 너를 위해 이렇게 한다는 게,
이럴 수 있다는 게 좋아.

내가 하고 싶어서 하는 사랑에는 대가를 바라지 않기로 마음먹었어. 사랑에는 객관적인 기준이 없고 사랑을 표현하는 방법도 절대 같을 수 없으며 평생 서로 맞춰갈 수도, 완벽히 이해하거나 이해시킬 수도 없다는 사실을 깨달았거든. 그러니까 나는 내 방식대로 너를 사랑할 거야. 다른 사람의 말에 흔들리지 않을 자신 있어. 울고 웃고 밀고 당기고 자빠지고 넘어져도 마음껏 상처받고 마음껏 사랑할 거야.

나 그냥
나를 위해 너를 사랑할 거야.

썸

서로에게 호감을 느끼면서도 사귀지는 않는 '썸'이라는 연애 개념이 생겨났다. 경제적 부담과 지나친 감정 소모는 피하면서도 정서적 유대는 여전히 나누려는 자유로운 연애관. '썸'은 오로지 쾌락만이 목적인, 즐기기만 하고 책임지긴 싫은 일회성 관계와는 다르다.

"내꺼인 듯 내꺼 아닌 내꺼 같은 너."*
헤어졌지만 가끔은 만나는 사이.
데이트 메이트.

이별이 완전한 이별이 아니고
만남이 완벽한 만남이 아닌
애매하고 간지러운 교감이 공존하는 관계.

---

* 소유·정기고, 〈썸〉

아마 세상은 바쁘고 삶은 각박하니 책임질 것이 많은 현실 앞에서 연애는 사치라고 느낄지도 모르겠다. 하지만 인간은 늘 누군가를 필요로 하고 이유 없이 누군가에게 끌리고 누군가의 애정을 갈구하는 나약한 존재다. 그래서 돈이 들지 않는 선에서 감정만 나누되 머리 아프지 않을 만큼만 서로의 삶에 개입하는 것이 아닐까.

데스노트

1. 오빠한테 아무렇지 않은 척 전 여친들 얘기해달라고 하고 쿨한 척, 신기한 척하며 얘기 다 들어줬는데 집에 와서 자려고 누우니까 괜히 다 죽여버리고 싶음.

2. 사람 스토커 취급하지 말고 연락하는 습관 좀 길러라. 가끔 보면 괜한 사람 살인자 만드는 것 같아.

3. 여자의 직감은 대부분 맞는데 그 이유는 직감이 단순한 느낌이 아니라 상대의 성향, 상황, 시간, 위치, 재정, 습관 등의 정보를 철저하게 분석한 확률적 판단이기 때문이지.

   고로 지금 내 남친은 딴 여자와 밥을 먹고 있는 듯.

4. 나한테 잘해주는 사람이어서 좋았는데
   넌 아무한테나 잘해주는 사람이었어.

가해자인 피해자

내 인생은 행복했는데, 내 하루는 완벽했는데 네가 무슨 자격으로 내 인생, 내 하루를 모래알 끼얹은 것마냥 텁텁하고 삭막하게 만들어놓는지 모르겠다. 어제는 소화되지 않는 네 생각에 밥을 먹다 또 체했다. 나는 하루하루 죽어갔고 너는 그런 날 살려주지 않았다. 아마 난 벌써 죽었는지도 모르겠다.

사랑한다는 이유로 나를 망치는 사람은 네가 아니라 나야.

당연한 기다림

사랑에 기대를 버렸다.

기다리는 일이 직업인 사람처럼 기다리고 또 기다렸다.

듣지 못할 대답에 질문했고 가지 못할 곳에 갈 계획을 짰다.

사랑에 목이 말랐다.

아무라도 사랑하고 싶었다.

사랑받는 건 중요하지 않았다. 사랑하고 싶었다.

사랑받는 건 의미가 없었다. 누군가에게 마음을 쏟고 싶었다.

아무에게나 마음을 주고 싶었다.

사디스트

네가 나보다 날 더 사랑해서 아팠으면 좋겠다.

어쩔 수 없는
서운함

어제 날씨와 오늘 날씨가 다르고 아침에 마시는 커피와 오후에 마시는 커피가 다르고 출근길에 듣는 노래와 퇴근길에 듣는 노래가 다르다. 사람도 마찬가지다. 어제의 나와 오늘의 나도 다른데 왜 그 사람은 항상 똑같아야 해.

알고 있다.
그래도 서운한 건 어쩔 수 없다.

내가 나한테
바라는 게 많아진 거야

내가 너한테 바라는 게 많아진 게 아니라 내가 나한테 바라는 게 많아진 거였어. 내가 너한테 좀 더 사랑받기를 바랐고, 내가 너한테 좀 더 중요하기를 바랐고, 내가 너한테 좀 더 소중하기를 바랐던 거야.

너를 볼 수 없는 시간 동안 나는 기억 속의 너를 꺼내 위로받았어. 누군가에게 안 좋은 소리를 들은 날엔 네가 해준 예쁜 말을 꺼내 들었고, 지쳐서 아무것도 하기 싫은 날엔 네가 안아주던 순간을 상상하며 잠들었어.

딱히 널 잊기 위해 다른 사람을 만난 건 아니었지만, 누구를 만나도 자꾸 너랑 비교했고 네가 항상 이겼어. 맛있는 걸 먹으면 혼자 너에게 먹여줬고 좋은 걸 보면 혼자 너에게 보여줬어. 잊었다고 생각했는데 단 한 순간도 잊은 적이 없었어. 미워한다고 생각했는데 단 한 번도 미워한 적 없었어. 원망한다고 생각했는데 단 한 번도 원망한 적 없었어.

백 번이고 천 번이고 못 이기는 척 돌아갈 준비가 되어 있어. 누굴 만나도 후회가 남으니 차라리 이럴 바엔 다시 너를 사랑해 후회하고 싶어. 하지만 더 많은 사랑을 바라는 나에게 더 많은 사랑을 줄 수 없는 너겠지?

기분 탓이
아니었다

우리는 여느 커플처럼 습관적으로 영화를 보고 밥을 먹으며 데이트를 했다. 끝나고 나니 고작 저녁 여덟 시였다. 전에는 막차 시간이 너무 이르다 생각했고 밤새 함께 있으면 해가 정말 빨리도 떴는데, 특별한 일 없이 얘기만 나눠도 그렇게 즐거웠는데 이제는 형식상 뭔가를 할 뿐 그 시간에 의미는 없었다.

너는 나랑 놀아주려고 만났고 나에게도, 너에게도, 남들에게도 나쁜 놈이 되기 싫었을 뿐이다. 돌이켜 보니 헤어지고 멀어지는 너의 뒷모습을 볼 때마다 느꼈던 허전함과 찝찝함이 기분 탓이 아니었다.

그때마다 난 우리가 가다가 죽었으면 좋겠다고 생각했다.
다시 만날 필요가 없도록.

사랑해서,
사랑하지 않아서

정말로 헤어졌다.

서로의 부재를 견딜 수 없어 다시 만나고, 서로의 존재를 버틸 수 없어 다시 헤어졌다. 혼자일 땐 서로를 그리고, 함께일 땐 서로를 지웠다. 만났다 헤어진 건지, 헤어졌다 만나는 건지, 만나기 위해 헤어지는 건지, 헤어지기 위해 만나는 건지 도무지 알 수 없었다.

그런데도 내가 너에게 돌아간 이유는 딱 하나였다.

내가 널 사랑했기 때문에. 너도 날 사랑했기 때문에.

이 모든 싸움이 사랑해서 일어난다는 사실을 알았기 때문에.

사랑하니 이해가 안 됐고, 사랑하니 이해가 됐다. 너와 나는 사랑하니까, 사랑한다면 사랑만 한다면 언제든지 언제라도 다시 만났다 헤어지길 반복할 수 있었다.

하지만 내가 '정말로 헤어졌다'고 말하는 이유는 우리는 이제 사랑하지 않기 때문이다. 나는 너에게, 너는 나에게 돌아갈 이유도, 돌아올 이유도, 돌아볼 이유도, 돌이킬 이유도 남지 않았다. 우리는 이제 사랑하지 않기 때문이다. 사랑'했다'와 사랑'할 것이다'는 있지만 사랑'한다'는 없다. 사랑했던 기억으로 견디고, 사랑할 거라는 다짐으로 버티지만 우리는 정작 사랑하지 않는다.

사랑했던 기억으로 사랑하려 할 뿐
우리는 사랑하지 않는다.

나는 너를 사랑했다. 사랑했기 때문에 나 자신을 사랑할 사랑까지 모두 끌어모아 너를 사랑했다. 너는 나를 사랑하지 않았다. 사랑하지 않았기 때문에 나의 사랑이 부담이 되고 죄책감이 되고 시비가 되고 오해가 됐다.

네가 나를 사랑했더라면 이럴 순 없다. 나를 사랑할 때의 네가 어땠는지 내가 가장 잘 알기에 네가 나를 사랑하지 않는다고 내가 가장 잘 알 수 있다. 사랑하지 않아서 아무것도 이해되지 않고, 사랑하지 않아서 모든 것이 이해된다. 우리는 그렇게 정말로 헤어졌다.

재회

너를 다시 만나면 후회할 것 같고 이대로 끝내면 미련이 남을 것 같아. 하지만 너와 여기까지 와보니 우리가 재회한들 그저 이별의 연장선이 될 것 같고 제대로 헤어지지 못해서 다시 만나는 게 될 것 같아.

괜찮다고 하면
괜찮아질 줄 알아서

또 참을까 생각했다. 또 넘길까 생각했다. 또 그냥 없던 일처럼, 그냥 또 가만히 있을까. 내가 조금 더 참고 내가 조금 더 상처받고 내가 조금 더 망가지면 괜찮아지지 않을까.

그러나 괜찮아진 것은 없었고 괜찮아질 것 같지 않았다.
괜찮아질 수 없었고 괜찮아지려 하지 않았다.
괜찮아지고 싶어 하지 않았고
괜찮아진 게 괜찮아진 게 아니었으며
괜찮아지면 다시 괜찮아지지 않았다.

그러니까 괜찮다고 하면 괜찮아지지 않을까 생각했지만, 괜찮아진 것은 없었고, 괜찮아질 것 같지 않았고, 괜찮아질 수 없었고, 괜찮아지려 하지 않았고, 괜찮아지고 싶어 하지 않았고, 괜찮아진 게 괜찮아진 게 아니었으며, 괜찮아지면 다시 괜찮아지지 않았고, 아무것도 괜찮지 않았다.

기도문

가끔 기도하는 자세로 사랑을 해.

너의 죄를 용서하고 너의 사랑에 감사하며.

평범한 이기심

이런 날에는
어디에서 위로를 받아야 할지
누구에게 털어놔야 할지.

나는 움직이지도 않았는데 길을 잃었어.
나는 너만 사랑하느라
나를 사랑하는 법을 잊은 것 같아.
원래 더 아쉬운 사람이 먼저 연락하고
더 좋아하는 사람이 먼저 잡는 거잖아.

누구나 더 사랑받는 쪽이 되고 싶어 하는데 넌 좋겠다.

청춘 낭비

우리가 평생 지금 이 자리에서 꽃다운 청춘으로 살 수 있는 건 아니잖아. 그러니까 쓸데없는 생각이나 의미 없는 말들, 어중간한 태도나 미지근한 마음으로 서로의 시간을 낭비할 필요는 없다고 생각해.

같은 세계에 살기 위해선 같은 상처를 가져야 한다

이별의 고통을 다 설명할 방법도 없지만, 설령 설명할 수 있다 해도 감정은 언어가 되는 순간 옅어지고 퇴색될 테니 아픔과 고통을 고스란히 느끼며 버티고 있다. 하루에도 몇 번씩 울다가 웃다가, 이러지 말자 했다가 이래도 되나 했다가 결국 아무것도 할 수 없고 아무것도 못 한다. 울지도 못하고 웃지도 못하고 이러지도 못하고 저러지도 못한다.

머릿속은 복잡한데 가슴은 비어 있다. 추억은 모두 사라졌고 기억은 모두 바랬고 사진은 모두 지워졌다, 내가 아닌 그에게서. 그의 눈빛이 좋아 돌아갔는데, 그의 품이 좋아 돌아갔는데, 그의 목소리가 좋아 돌아갔는데 그 무엇 하나 나를 바라보지도, 품어주지도, 불러주지도 않는다.

내 잘못이려니, 내가 그를 놓친 것이려니 하며 미움의 화살을 나에게 돌린다. 상처 입은 마음을 상처로 덮는다. 그와 같은 세계에 살기 위해선 그와 같은 상처를 가져야만 한다. 나는 계속 아파야만 한다. 새로운 상처를 가져야만 한다.

꽃 한 송이 사주지 못해 미안해하던 그였는데, 잠들 때까지 머리를 쓰다듬어주면서 내 얼굴을 바라보다 마음이 짠해진다며 눈물 흘리던 그였는데. 보고 싶은 모습을 한 줄 더 새긴다.

네가 나를 사랑해줘서
내가 나를 사랑할 수 있었어

사실,
우리의 사랑이 식었는데도
끝까지 지키고 싶었던 이유는

사랑받는 법을 몰랐던 내가
사랑에 데고 사람에 치이던 내가

너를 만나
다시 한번 사랑을 믿어볼까 했고
다시 한번 사람을 믿어볼까 했고

그래서 진심을 다해
너를 믿고 나를 믿고 우리를 믿어서,
그런 나의 믿음과 나의 용기와 나의 노력이
너무 가상해서였어.

이 사랑이 떠나면
나는 예전보다 버거워질 것을 알아서
마지막까지 미친 듯이 매달렸던 거야.

헤어짐

우린 변했다.

나도 변했고

너도 변했다.

그러자 모든 게 변했다.

나는 이런 변화가 좋았다.

변화? 아니. 나는 그냥 원래의 나로, 너는 원래의 너로 돌아왔을 뿐이다. 네가 무슨 짓을 해도 화가 나지 않더라. 신경 쓰이지 않더라. 화가 나지 않으니 괜히 화낼 필요가 없었고, 신경 쓰이지 않으니 억지로 신경 쓸 필요가 없었다. 하지만 좋아하는 마음은 그대로였다. 나는 여전히 널 아끼고 여전히 널 걱정했다.

포기했다. 하지만 그것은 좋은 포기였다. 두 마리 토끼를 다

잡을 수는 없잖아. 두 마리를 잡으려다가 둘 다 놓치고 말 테니까. 너와 행복하기 위해서 무엇을 포기해야 하는지 우리 둘 다 알고 있었다. 너는 늘 너의 잘못을 알고 있었다. 하지만 네가 고칠 수 없다는 사실 역시 나도 알았고 너도 알았다.

몇 차례 같은 싸움이 반복되다 보니 널 변화시키는 것보다 내가 변하는 쪽이 더 빠르겠더라, 더 쉽겠더라, 덜 힘들겠더라. 그때부터 되돌아올 수 없는 길을 걸었나 보다. 네가 숨기는 진실보다 보여주는 거짓이 믿기 편했고 그 정도면 됐다 생각했다. 나는 상처받을까 봐 두려워 진실을 묻어버리는 겁쟁이가 됐다.

너무 많이 울었는지 나는 메말라가고 있었다. 하지만 너는 오아시스였고 나는 어떻게든 살아남는 낙타였다. 너에게 실망한 나에게 너는 실망했고 그런 나에게 실망한 너에게 나는 실성했다. 나도 우리가 끝났음을 알았다. 알면서도 모르는 척할 수 있었던 이유는 정말로 끝난 줄은 몰랐기 때문이다.

나는 모르는 척이 아니라
너를 모르고 있었다.

우리의 세상은
너무 달라서

너는 나만 없는 세상에 살겠지만
나는 너밖에 없던 세상이라 살 수가 없었다.

너에겐 헤어짐이 나와의 이별이었겠지만
나에겐 헤어짐이 세상과의 이별이었다.

떠난 사람과 남겨진 사람

사람도, 사랑도 변하는 게 당연하고 그건 누구의 탓도 아니지만, 떠나는 사람은 그저 떠나면 그만인데 남겨진 사람은 평생 그 자리를 맴돌게 된다. 잘 살다가도 갑작스레 떠오른 사소한 기억에 하루 종일 우울해진다. 그 사람이 보고 싶거나 그때로 돌아가고 싶진 않지만 왠지 모르게 밀려드는 공허함… 쓸쓸함… 배신감… 처량함.

현실을 인정하려 노력하다가 힘들다고 투정 부리고, 에라 모르겠다 징징댔다가 그럴 수도 있다며 이해하고, 잦은 감정 기복으로 다중인격 환자처럼 구는 내가 제정신이 아닌 것 같겠지. 하지만 더 슬픈 것은 상대방이 알면서도 해줄 수 있는 게 없다는 점이다.

떠난 사람은 사라져가고
남겨진 사람은 잊혀간다.

마무리

때때로 사랑에 대한 기억은

어떻게 사랑했느냐가 아닌,

어떻게 이별했느냐에 달려 있다.

사랑과 이해

맞춰가는 게 사랑이라고 생각했습니다. 다들 그렇게 말했고 나도 그렇게 배웠으니까. 사랑은 그런 것이라 믿었고 그런 사랑을 해왔습니다. 사랑하니까, 사랑한다는 이유로 이해할 수 없는 행동과 잘못까지 전부 받아들이려고 노력했습니다.

그런데 참 아이러니하게도 상대를 이해할수록 나 자신을 잃어가더라고요. 나를 부정하면서 그 친구를 사랑하려 하고, 나를 잃어가면서 그 친구를 이해하려 했던 거예요. 너무 사랑하니, 심지어는 그 친구가 바람피운 것까지 이해하려 노력했습니다. 그렇게 나의 사랑을, 우리의 관계를 합리화하기 위해 자멸적인 사랑을 택했고 시간이 갈수록 점점 자존감을 잃어갔습니다.

행복하지 않았습니다. 그래도 사랑이라 생각했습니다.
헤어지고 나니 남은 것은 없었습니다.

헤어졌다 다시 만나면 안 되는 이유

1. 헤어진 기간 동안 있었던 일을 모른다.
지난 일이니 신경 쓰지 않겠다고 말해놓고도 자꾸 신경이 쓰인다. 몰랐던 사건과 몰랐던 사람들이 보이는 순간, 듣고 싶지 않은 답에 질문하고 그 답을 토대로 혼자 상상한다. 일어나지도 않은 일과 일어나지도 않을 일을 짐작하면서 불안해하고 걱정한다.

2. 미래를 그리는 게 아니라 과거를 추억한다.
'뭐 먹지', '어디 가지', '뭘 하지'가 아닌 '뭘 먹었지', '어딜 갔지', '뭘 했지'를 생각하게 된다. 미래 지향적인 대화가 아니라 과거를 회고하는 대화를 한다. 발전 없는 노력을 한다.

3. 배려가 독이 된다.
서로 지나치게 조심한다. 서운한 일이 생겨도 말하지 않고 화가 나도 참는다. 말을 아끼려다 해야 할 말도 안 하게 된다. 그 침묵을 이해와 배려라고 포장하겠지만 사실은 점점 포기하는 거다.

4. 안 싸우면 안 헤어질 줄 안다.
사실 싸움은 이별의 표면적 사유에 지나지 않는다. 헤어질 한 방과 그럴싸한 이유가 필요했을 뿐이다.

5. 부정적인 감정을 두 배로 느낀다.
'괜히 다시 만났나' 싶은 후회와 '역시 우린 변하지 않는다' 같은 회의감이 더해져 싸울 때마다 부정적인 감정이 두 배가 된다.

6. 항상 불안하고 의심스럽다.
연락이 잠깐이라도 안 되거나 이해할 수 없는 일이 생기면 지나치게 의심하고 병적으로 불안해한다. 불안하니까 계속 마음을 확인하려 하고, 곧 집착하게 되어버린다. 상대에게 확신이 없다기보다 관계에 확신이 없다.

7. 변했다.
모든 것이 변했다. 둘 사이도 변했고 둘 자체도 변했다. 세월이 흘렀고 나이가 들었고 생각이 바뀌었다. 그런데도 예전과 같기를 바란다.

8. 의무감으로 행동한다.

사랑해서 저절로 나오던 행동들이 어느 순간 의무가 된다. 주말에 데이트하기, 자리 옮길 때마다 연락하기 등 마음에서 우러나왔던 행동이 다시 잘 만나기 위해, 더는 싸우지 않기 위해 지키는 규칙이 되어버린다.

9. 정반대의 이유로 서운하고 섭섭하다.

한쪽은 상대방이 노력한다고 말해놓고 변하지 않아 서운하고, 다른 한쪽은 노력하고 있는데 상대방이 몰라줘서 섭섭하다. 연인 사이에 노력은 당연한 일인데 노력을 당연하게 여기지 말라는 상대방의 말에 서운하고, 노력은 상대적인 것인데 절대적으로 비교하는 상대방의 태도에 섭섭하다.

10. 말할 곳이 없다.

반복된 연애 상담에 친구들은 이미 지쳐버렸다. 헤어졌다고 얘길 꺼내도 "다시 만날 거잖아" 혹은 "어차피 맘대로 할 거잖아"라는 답변이 돌아오니 창피하고 민망해 속상한 일이 있어도 주위 사람들에게 말하지 않게 된다.

11. 눈치 본다.

별것 아닌 일에도 눈치를 보고 기분이 조금만 안 좋아 보여도 나 때문인 것처럼 느낀다. 뭘 할 수도 없고 안 할 수도 없다.

12. 헤어짐과 만남의 경계가 사라진다.

이별과 재회를 반복하면 헤어져도 헤어진 것 같지 않고 만나도 만나는 것 같지 않다. 헤어져도 언제든 다시 만날 수 있다는 생각이 들지만 만나도 언제든 다시 헤어질 수 있다는 생각이 든다.

얼룩덜룩

남자는 많이 만나본 것 같은데, 그리고 사랑 비슷한 것도 꽤 해본 것 같은데 왜 이별은 제대로 한 적이 없는 것 같지. 다 흐지부지, 애매하게, 어느 순간, 어쩌다 보니, 흔적 없이, 그렇다고 완벽하게 깔끔하진 않고. 늘 그렇게 얼룩으로… 얼룩덜룩.

올인

나는 나에게 올인하는 사람을 바보 같다고 생각했다. 내가 어떤 사람인 줄 알고 저렇게 자신의 전부를 보여주고 쥐여주나. 충동적이고 격정적이고 일시적인 감정이라 믿었다. 그 폭풍에 휩쓸리고 싶지 않았으므로 나는 내 자리에 더욱 깊게 뿌리를 내리고 꿈쩍하지 않았다.

하지만 시간이 흐르고 보니 내가 그의 순수함을 겁내던 것이었다. 그의 열정과 그의 용기와 그의 온전한 사랑과 그의 넘치는 감정이 두려웠던 것이다. 행여 그 소용돌이에 휘말려 길을 잃을까 무서웠다.

나는 더 이상 그런 사랑을 할 수 없기에 외면하고 싶었다.

그저 내가 행복하길 바라는, 그저 내가 웃기를 바라는, 대가 없이 그냥 나를, 그냥 내가 잘 살길 바라는 어리고 착한 마음이 때로는 나에게 큰 부담이었다. 속세에 물들어 때 타고 더럽혀진 나에게는 이해할 수 없는 깨끗함이었다.

어디까지

마음을 줬던 남자들에게 배신당할 때마다 견딜 수 없던 것은 욕망에 넘어간 나의 몸도, 아둔함에 상처 입은 마음도 아니었다. 남에게 기대지 않겠다고 강한 척하던 내 마음을 들킨 것 같아서, 그 사실이 무엇보다 수치스럽고 부끄러웠다.

나는
어디까지를 허락했나.

나는
어디까지를 보여줬나.

잊어버리든지,
잊고 버리든지

나는 겁이 많다. 그래서 진실을 피해버린다. 감당하거나 마주할 자신이 없으면 궁금해 죽을 것 같아도 묻지 않고 캐내지 않는다. 상처받는 게 무서우니까. 영화 〈나 홀로 집에 2〉에 그런 말이 나오더라, 상처받기를 두려워하면 사랑을 잃는다고. 하지만 이 말이 상처받으며 사랑하라는 뜻은 아니지 않나.

한번은 남자 친구가 회식 중이라는 문자를 마지막으로 보낸 후 연락이 끊겼다. 오만 상상을 다 하는 나 자신을 겨우겨우 달래면서 끔찍한 밤을 보냈다. 불행인지 다행인지 다음 날 아침 남자 친구에게서 "잠들었다"는 연락이 왔고, 태연한 그의 말투에 상황은 간단히 정리됐다.

알겠다고 대답할 수밖에 없었다. 더 이상 묻지 않았다. 싸우지 않았다. 잤다는 말이 사실이든 아니든 나는 이미 상처를 받았다. 그의 무관심에, 그의 무심함에. 하지만 굳이 상황을 악화시켜 피투성이가 되고 싶진 않았다. 깊이 파고들수록 양쪽 다 감정만 낭비해 피곤해질 뿐이었다.

이런 상황은 땅에 생긴 구멍에 비유하면 이해하기 쉽다. 땅이 꺼진 원인을 찾기 위해 더 깊이 팔지, 아니면 걷는 데 방해되지 않을 만큼 막을지 판단하면 된다. 원인을 찾기 위해 땅을 더 깊게 파면 그만큼 에너지가 소모된다. 그리고 다시 구멍을 메꾸는 데 몇 배의 노력이 필요하지만 원인을 알았으니 좀 더 견고하게 보수할 수 있다. 반면 급하게 구멍을 막으면 당장은 문제가 없다. 하지만 언제 다시 꺼질지 몰라 불안하다.

원인이 단순히 외부 요인, 즉 환경에 있다면 예방을 통해 다시 꺼지지 않게 할 수 있다. 지나간 일에 초점을 두지 말고 앞날에 대한 판단을 내리자. 상대가 잘못했을 때 나에게 남은 선택지는 두 가지다. 용서하든지 떠나든지. 두 선택 모두 나를 위한 것이다. 용서도 나를 위해 하는 것이고 떠나는 것도 나를 위해 하는 것이다. 용서하기로 했다면 나를 위해 '잊어' 버려라. 떠나기로 했다면 나를 위해 '잊고' 버려라.

상대를 용서해놓고 밤마다 자괴감에 빠져 이도 저도 못 하고 지낸 적이 있다. 잘못은 상대가 했는데 벌은 내가 받는 느낌이었다. 떠날 수가 없어서 용서하려 했는데 내 그릇이 작아서였을까, 견딜 수 없는 고통에 하루하루 말라갔다. 그때 언니가 해준 말이 나를 깨웠다.

"민제야. 세상에서 제일 미련한 사람이 자신이 선택해놓고 이러지도 저러지도 못하는 사람이야. 내 길이 아니다 싶으면 가지 않으면 되고, 설령 잘못 선택했다 하더라도 그 일을 발판 삼아 성장하면 돼. 그렇게 실수하며 살다가 나의 부족함을 채워주는 사람을 만나면 돼. 나를 사랑하고 언제나 나를 격려하며 나를 무조건 밀어주는 사람. 나를 완벽하게 만들어주는 사람을 만나면 되는 거야.
앞으로 많은 사람을 만나 경험을 쌓고 내실을 다지면서 점점 능숙해질 거야. 겁먹을 필요도 슬퍼할 필요도 없어. 그냥 네 삶을 살아가."

맞다. 연애는 상대를 알아가는 과정이 아닌 나를 알아가는 과정이다. 어떤 행동이 나를 가장 기쁘게 하는지, 어떤 행동이 나를 가장 슬프게 하는지. 나는 어디까지 이해할 수 있는 사람이고 어디서부터 참을 수 없는 사람인지. 물론 상대에 따라 기준은 달라지겠지만 그 상대를 만나는 동안의 나도 결국 나다. 모든 걸 안고 갈 수 있을 줄 알았다. 고통이 뒤따르더라도 사랑하기 때문에, 사랑이기 때문에 사랑인 줄 알았다. 하지만 이젠 나를 더 사랑하려 한다.

까이고 나서

1. 좀 다를 줄 알았는데 다르지 않았고, 특별할 줄 알았는데 평범했다.
2. 말도 아끼고 맘도 아껴야겠다.
3. 오래 볼 줄도 모르고 제대로 볼 줄도 모르네.
4. 아, 너 말고 나 말이야.

무책임한 사랑은
사랑이 아니다

끝까지 잘할 자신 없고 마지막까지 감당할 용기 없으면 적당히 찔러보다 그만해라. 진심일까 아닐까 며칠씩 고민하다 의미 없는 행동에 툭 약해져 믿자고 다짐했지만, 그렇게 마음 줘도 늘 똑같은 결말이었다. 너처럼 찔러보는 놈들, 이제는 진절머리가 난다.

나를 두고 상처가 많아 보인다, 덴 게 많아 보인다, 사람을 너무 못 믿는다, 까탈스럽다, 따지는 게 많다면서 마치 내 과거에 엄청난 일이 있었거나 원래 예민한 사람일 거라고 멋대로 치부하는데, 다 너네 같은 보잘것없고 평범한 사람들이 하나둘 만들어놓은 거다. 어떤 대단한 사랑을 하려는 것도 아니고 어차피 기대하는 것도 없으니 기본만 지켜라, 제발.

나는 내숭 안 떨고 가식 안 부리니 너도 허세 부리지 말고 진심인 척 위선 떨지 마라. 속내 훤히 보여도 입 아프고 귀찮아서 내버려두는 거다. 어차피 너나 나나 사랑받거나 사랑할 자격 미달인데 왜 자꾸 사랑하려 애쓰니. 서로 고생만 시킬 텐데.

너 좋으려고 하는 사랑은 너 혼자 하세요.
사랑은 주체적이라 대가 없이도 하고 싶어야 사랑이다. 네가 하고 싶은 건 연애고 섹스지 사랑이 아니다. 너는 사랑하는 게 아니라 외로운 거다. 사랑은 감정만으로 완성되지 않는다. 이성적으로 판단해라. 상대와 너의 성향이 비슷한지, 가치관을 서로 수용할 수 있는지 가늠하고, 성숙함과 이해력의 정도를 비교하고, 함께할 여건이 되는지 확인해라.

따져보고 들이대라. 따져보고 만나봐라. 조건 보고 만나란 말이 아니라 누군가의 인생에 한 부분이 되고 싶다면 신중하란 소리다. 괜히 엄한 사람 인생 헤집어놓고 "이렇게 될 줄 몰랐다"는 둥, "상황이 이랬고 사랑이 저랬다"는 둥 무책임한 핑계 늘어놓지 말고. 몸만 뜨거워져서 일단 저질러놓고 "후회 없는 인생" 타령하는 이기적인 족속들 때문에 왜 가만히 있는 내가 상처받아야 하는지.

너 같은 놈들이 후회 없이 내 인생에 들어와서
내 인생 후회로 가득 찬 건 안 보이니.

다시 사랑하긴
글렀다

내가 다시 사랑할 수 있을까?
삼류 영화에서나 나올 법한 대사가 문득 머리를 스쳐 지나간다. 물론 사랑에는 여러 종류가 있다. 자존감은 자신에 대한 사랑, 우정은 친구를 향한 사랑, 열정은 꿈을 향한 사랑. 그 다양한 갈래 중에서 지금 내가 회의감을 느끼는 사랑은 남녀 간의 사랑이다. 노력만으로는 이룰 수 없고 조금도 예측할 수 없을 만큼 변덕스러우며 성사되기 위해서는 많은 조건이 필요한 듯하지만 터무니없을 만큼 사소한 우연으로 시작되기도 하는, 아이러니한 그것.

끝나봐야 아는 것 중에는 행복과 사랑이 있다. 사랑인 줄 알았으나 돌이켜 보니 사랑이 아니었던 관계도 있고 사랑이 아닌 줄 알았으나 사랑이었던 관계도 있다. 진짜 사랑이라 믿었던 상대에게 헤어지자는 말을 듣던 순간, 밀려드는 비참함과 수치심에 그가 나를 떠날 수밖에 없는 온갖 핑계를 상상하며 상황을 합리화했던 적도 있다. 하지만 생각해보니 그가 나를 떠난 이유는 단 하나였다. 충분히 사랑하지 않아서.

상처를 받는 것도, 주는 것도 이제는 싫다. 그래서 나를 떠나간 남자들이 뭘 하고 사는지 알고 싶지 않고 내가 떠난 남자들이 어떻게 사는지 궁금해하지도 않는다. 관계가 끊어졌으면 서로를 위해서라도 끝까지 등지고 사는 편이 낫다. 한 번 조각난 그릇은 다시 붙여도 금이 가 있다. 유약을 아무리 덧발라도 속은 깨져 있다. 나는 그 틈새로 무언가 중요한 것이 새어 나갈까 두렵다.

눈을 감고 귀를 막고 살다 오늘 갑자기 그들의 행방이 궁금했다. 누워서 SNS를 찾아보니 다들 잘 먹고 잘 살고 있더라. 몇몇은 깊고 진한 사랑을 다시 시작했더라. 참 신기하다. 사람은 고통에, 기억에 저토록 무뎌지기도 하는구나. 나는 아직도 무뎌지지 못해 다시 시작할 엄두가 안 나던데. 만약 그들이 무뎌져서가 아니라면 나는 그들에게 사랑이 아니었나 보다. 그렇게 생각하니 돌려보낼 때 좀 더 깨부숴버릴 걸, 좀 아쉽네.

너 예전에 평생 나만 사랑한다 했잖아. 나 그 말이 그냥 감정에 취해 내뱉은 소리임을 알면서도 바보같이 진심인 줄 알았다? 내심 아직도 네가 나를 애틋하게 생각하고 있을 줄 알았어. 그런 거 있잖아, 나는 너를 좋아하지 않아도 너는 나를 끝까지 좋아했으면 하는 이기적인 마음.

그래서 이 글의 요지가 뭐냐면, 그딴 건 없고 그냥 생각나는 대로 한번 적어봤어. 나는 이제 사랑하는 사람들이 아무리 행복해 보여도 부럽지가 않아. 오히려 잠깐 사랑하고 잠깐 행복하기 위해 훨씬 많은 시간을 들여 노력하는 게 너무 비효율적인 선택 같아.

나 진짜 다시 사랑하긴 글렀다.

chapter 3

너무 멀리 가지도,
너무 가까이 다가오지도

시간이 없어서
못 만나는 사이

관계는 맺기보다 유지하기가 더 힘들다. 시간을 내서 만나기보단 시간이 맞으면 보게 된다. 그건 누구의 탓도 아니고 그저 그 사람과 내가 시간을 낼 만큼의 관계가 아니기 때문이다. 가끔 나는 어떻게든 만나려고 노력하는데 상대는 미적지근하게 굴 때가 있다. 그러면 나는 걸러진 느낌을 받아 지레 연락을 끊는다.

예전엔 친구가 많다고 자부했는데 세월이 흐르고 바빠지면서 자연스럽게 친구가 줄었다. 어느 정도 자리 잡고 연락하면 예전으로 돌아갈 수 있을 거라 생각했다. 하지만 요즘엔 친구라 부를 수 있는 사이가 애초부터 별로 없었다는 생각이 든다. 너무 서운해하지 않기로 했다.

솔직히 시간이 없어서 못 만난다는 말은 핑계다. 먼저 연락하고 확실히 약속을 잡고 일부러 시간을 쓰는 수고를 들일 만큼 중요한 사람이 아닐 뿐.

내 카카오톡은 너무나도 많은 일회성 관계와 더 이상 만나지 않을 사람들로 어수선하고, 그들의 대화명을 보는 것조차 스트레스다.

미묘한 뒤틀림

사람이 항상 같은 크기로 마음을 갖진 않으니

내 마음과 상대의 마음이 불균형하면

한쪽에는 부담이, 한쪽에는 서운함이 생기기 마련이다.

SNS는
인생 낭비다

학창 시절 즐겨 찾던 싸이월드, 나를 스타로 만들어준 페이스북, 지금 활동하는 인스타그램, 그리고 텍스트 중심의 매체가 영상으로 넘어가면서 대세가 된 유튜브까지. 누구나 계정 하나쯤은 가지고 있는 각종 SNS를 나는 모조리 정복한 것 같다. 나는 내가 왜 그렇게 이런 공간에 집착하는지 이해가 안 되면서도 이해가 된다.

나는 아직도, 여전히 그 공간에 집착하고
나는 아직도, 여전히 그 공간이 부담스럽다.

사진 촬영과 글쓰기를 좋아하는 나는 하루에도 몇십 번씩 게시물을 업로드하고 싶었지만, 내 얘기로 도배되는 뉴스피드가 부끄러워서 간신히 참았던 적도 많다. 그럼에도 평균 SNS 유저들에 비해 업로드가 잦은 나를 두고 사람들은 '관종'이라 욕하기도 하고 가상 세계의 인기에 허덕인다며 씹어대기도

했다. 물론 나는 관종이다. 그런데 역으로 묻겠다. 너네는?

이제는 '좋아요'의 개수가 그 사람을 판단하는 기준이 되어버렸다. '좋아요'가 많은 사람이 곧 능력 있는 사람이고 '좋아요'가 적은 사람은 곧 가치 없는 사람이다. 아무리 의미 있는 글을 써도 외면받는 사람이 있으며, 별 내용 없는 글을 올려도 폭발적인 반응을 얻는 사람들이 있다. 그 반응이 정말 글의 유의미함 혹은 사람의 가치를 드러내는 지표일까? 당연히 아니다. 그저 무의미하고 무가치한 관심의 결과일 뿐.

관심은 중요하다. 중요한 만큼 중독되며 그것은 곧 독이 된다. 내가 한때 SNS를 끊은 이유는 내 안에 독이 퍼져감을 느꼈기 때문이다. 어떤 사진, 어떤 글을 어떤 순간에 올려야 더 많은 관심을 받을까 전전긍긍했고, 다음 날 아침 일어나자마자 나를 언팔한 사람이 있나 확인했으며, '좋아요' 개수가 줄어들면 실망감을 감출 수 없었다. 뉴스피드에 나보다 더 행복해 보이는 사람들의 모습이 뜨거나 내 삶을 암울하게 만들어놓은, 알고 싶지 않은 사람들의 소식을 접하면 하루 종일 목구멍에 모래알이 걸린 듯 불편했다.

내가 있는 곳은 현실인데 내가 사는 곳은 가상이었다. 그들은 늘 나에게 엄지를 치켜세우지만 새끼손가락을 펴 약속을 해 주지는 않았다.

그들은 나에게 무엇을 바랐고
나는 그들에게 무엇을 바랐는가.

동아줄

절
실
한

정
서
적

안
정
감

유
대
감

내가 선택한 외로움

굳이 차단할 필요까진 없어서 내버려뒀는데 심심한지, 아니면 여러 여자 찔러보기가 취미인지 잊을 만하면 뭐하냐고 연락해서 만나자는 인간들이 왜 이렇게 거슬리는지. 예전엔 아무 생각이 없어서 아무 생각 없이 받아줬는데 이제는 아무 생각이 없으면 대꾸하지 않는 편이 현명하다는 사실을 깨달았다.

완벽하게 혼자였던 적은 거의 없다. 말로는 "요즘 연애를 못한다", "친구가 없다"라고 푸념했지만 실은 자발적으로 연애를 하지 않고 의식적으로 친구를 사귀지 않았던 적이 더 많다. 늘 사람이 쉬웠기에 아쉽지 않았다. 하지만 내가 선택한 외로움은 그 어떤 외로움보다 훨씬 지독했다.

만날 사람이 없는 게 아니라
만나고 싶은 사람이 없는 것.

기댈 사람이 없는 게 아니라
기대고 싶은 사람이 없는 것.

털어놓을 사람이 없는 게 아니라
털어놓고 싶은 사람이 없는 것.

외로움이 점점 습관이 되어간다.

이해의 스펙트럼

내가 매번 웃으며 살아가는 이유는 긍정적인 사람이어서도, 이해의 범위가 넓어서도, 정이 많거나 화를 못 내는 성격이어서도, 이미지 관리를 위해서도, 착해서도 아니다.

단지, 오로지, 그저
나를 위해서다.

따지고 보면 남을 미워하는 편이 가장 쉬우며 "조금도 복수하지 않는 것보다는 작은 복수라도 하는 것이 인간적"* 이지만, 복수하는 시간 자체가 스트레스고, 분노고, 아픔이고, 상처이기에 그냥 넘어갈 뿐 괜찮아서 묵인하는 것이 아니다.

내 삶이 결코 만족스럽거나 평탄하진 않다. 겉으로는 그래 보

* 프리드리히 니체, 《차라투스트라는 이렇게 말했다》

일지라도 나 역시 여느 사람들처럼 미래에 대한 불안이나 믿었던 사람에 대한 배신감, 카드를 긁을 때마다 느끼는 조마조마함 등 비슷한 고민과 걱정을 안고 산다. 그래도 밝게 살아가려 한다.

왜?
나를 위해서.

누군가는 나로 인해 한 번 더 웃으라고. 하지만 그조차도 남을 위해서라기보다는 나를 위해서다.

왜?
그 웃음이 날 행복하게 하니까.

나의 배려가 남들에겐 잘못을 무마할 핑곗거리가 되겠지만, 내가 배려를 하는 이유는 적어도 핑계라도 대주길 바라는 상처받기 싫은 나의 이기심이라는 점만은 알아주길.

그냥은 없어

사실 '이유 없이'라든지 '괜히' 혹은 '그냥'이라는 말은
마음을 설명할 길이 없어 가져다 붙인 용어일 뿐이다.

모든 일엔 항상 이유가 있고
누군가는 분명 잘못을 했다.

자기들이 못난 건
생각 안 하고

샤넬은 김치, 러브캣은 선물.
을왕리는 여행, 해외는 원정.

내가 만나는 남자의 능력 차이지,
능력 있는 남자를 만나는 내 잘못이냐.

언어의 품격

나는 우리가 구사하는 언어에서 우리의 인성이나 품격이 드러난다고 믿는다. 그래서 남들은 예민하다고 할 정도로 말 한마디 한마디에 신경을 쏟으며 주의 깊게 듣는 편이다. 사소한 단어 선택과 말투로 상대가 지금 형식적인 예의를 갖추고 있는지, 아니면 진심으로 말하고 있는지 알아챌 수 있기 때문이다. 그래서 습관적으로 말을 못되게 하는 사람, 쓸데없는 말을 덧붙이는 사람, 굳이 들으라는 듯 혼잣말하는 사람들을 이해할 수 없고 가볍게 지나치지도 못한다.

가까울수록 예의를 지켜야 하는데, 편해지면 선을 넘는 사람들이 있다. 한 번 지적했을 때 고치지 않는 사람은 백번 얘기해도 달라지지 않는다. 예의 없고 멍청한 부류.

하지만 이런 사람들은
내가 갑자기 변했다고 생각하고

사이가 갑자기 멀어졌다고 생각하고
우리가 갑자기 끝났다고 생각한다.

세상에 '갑자기' 벌어지는 일은 없다.

재생목록

재생목록의 수많은 곡 중에서 랜덤으로 자동 재생되지 않는 이상 직접 찾아 듣지 않는 노래가 있다. 심지어 가끔 나오면 넘기기까지 하는데 삭제하진 않는다. 어느 날 갑자기 듣고 싶을 것 같아서, 혹은 그 노래를 알고 있다는 사실 자체가 좋아서.

인간관계도 비슷하다. 직접 찾아 연락하진 않는다. 어쩌다 눈에 띄면 무의미하게 '좋아요'를 누르고, 가끔은 피드에 뜨는 것조차 짜증 나긴 하지만 관계는 끊지 않는다. 언제 필요할지 모르니까.

너네나 나나 다 그런 관계지, 뭐.

모 아니면 도

말하자니 내가 속 좁고 예민한 사람 같고
넘기자니 이건 좀 아니지 않나 싶은 일들.

예의 없는 사람

착한 사람이라 예의를 지키는 것이 아닙니다. 배운 만큼 행동하는 겁니다. 싫다는 짓은 하지 말고 잘못했으면 사과하세요. 대답하지 않았다면 두 번 묻지 마세요. 대답하지 않는 것이 대답입니다. 선 넘지 마세요. 본인의 감정을 앞세우지 마세요. 약속은 지키세요. 실수를 반복하지 마세요. 은혜는 두 배로 갚고, 복수는 묻어두세요.

'형님', '누님' 존댓말 써가며 깍듯이 인사하고 가끔 한 번 기프티콘 보내는 것. 그것이 예의가 아닙니다. 앞서 말한 모든 것이 전부 예의입니다.

시기와 질투에 관하여

가끔 날 시기하고 질투하는 사람들이 나에 대한 유언비어를 퍼뜨리거나 내 이미지를 고의로 실추시킬 때가 있다. 그들은 문제가 없는 일을 문제로 만들고 잘못이 아닌 일을 잘못으로 몰아가며 나를 끌어내리려 한다. 그런 가엾은 노력에 참 미안한 점은 그들이 자신의 시간을 나를 싫어하는 데 낭비하고 있다는 것이고 동시에 고마운 점은 내가 열심히 살고 있다는 사실을 확인하게 해준다는 것이다.

내가 부러워서라면
그럴 시간에 자기 자신을 위해 더 노력하라고 말해주고 싶다.
내가 두려워서라면
그럴 시간에 자기 자신을 위해 더 발전하라고 말해주고 싶다.
내가 싫어서라면
그럴 시간에 자기 자신을 더 사랑하라고 말해주고 싶다.

당신에겐 낭비된 시간이지만

나에게는 투자한 시간이었다.

음주 운전하고도 사고가 안 나는 이유

음주 운전하고도 사고가 안 나는 이유는 그 사람이 운전을 잘해서가 아니라 사람들이 잘 피해줬기 때문이라고 한다. 인간관계도 마찬가지다. 당신이 잘나서 내가 잘해준 게 아니라 그냥 인간이니까, 인간으로서, 인간적으로 대해줬을 뿐이다. 거기에 착하고 정 많은 내 천성도 한몫했고.

내세울 거라곤 언젠가 사라질 것들뿐인 당신이 같잖게 유세를 부려도 알량한 자존심이나마 지키고 싶은가 보다 하고 가만히 있었는데 왜 자꾸 눈치 없이 신경 거슬리게 하니? 왜 사람이 잘해줄수록 얘는 진국이구나 하고 챙겨주는 게 아니라 호구 취급을 하는지.

계속 그렇게 살아.
저주하기도, 복수하기도 귀찮은데 알아서 망하겠지.

에스키모의 사냥법

에스키모는 늑대를 사냥할 때 직접 나서지 않습니다. 다른 동물의 피를 칼에 묻혀 눈 속에 거꾸로 꽂아놓고 숨으면 늑대가 피 냄새를 맡고 다가와 칼날을 핥습니다. 처음에는 칼날에 묻은 피를 핥지만, 핥을수록 늑대의 혀도 베이게 됩니다. 이미 피 맛에 취한 늑대는 그 피가 자신의 피인 줄 모르고 계속 칼을 핥다 결국 과다 출혈로 죽습니다. 에스키모는 굳이 힘들이지 않아도 그렇게 늑대를 잡을 수 있습니다.

남의 이야기를 할 때면 잠시나마 내가 그 사람보다 우위에 있는 것 같겠죠. 남을 깎아내리며 본인의 자존감을 높이는 사람들을 많이 만나봤습니다. 당해도 봤고요. 하지만 결국 자신의 혀가 베이는, 스스로를 파멸로 몰아가는 짓임을 모르는 늑대들이 많은 것 같습니다.

저는 가만히 있으면 되겠지요.

뒤에서 남의 이야기를 하는 것 자체를 나쁘다고 생각하진 않아요. 저는 누가 제 험담을 했다는 얘기를 들어도 그냥 자기들끼리 하는 실없는 대화겠지, 하고 별로 마음에 안 담아둡니다. 왜냐면 꼭 제가 싫어서 험담을 한다기보단 아무 생각 없이 흘리는 이야기임을 알고, 생각보다 사람들은 저한테 관심도 없을뿐더러 들어봤자 금방 잊는다는 점도 아니까요. 하지만 그 자리에서 멈추지 않고 이야기를 부풀리고 다닌다면 그 순간부터는 본인의 피를 핥는 것입니다.

말했듯,
저는 가만히 있으면 되겠지요.
에스키모처럼요.

거짓말

나는 거짓말하는 사람은 그래도 어느 정도 성의가 있다고 생각하는데 숨길 생각도 안 하는 건 뭐니. 야, 진실을 왜곡하는 것만 거짓말이 아니라 의도적으로 말하지 않는 것도 거짓말이여.

용서의 무게

너의 잘못은 내가 용서했기 때문에 괜찮은 잘못이고, 나의 잘못은 네가 용서하지 않았기 때문에 괜찮지 않은 잘못인가 보다. 그 잘못이 무슨 잘못이고 얼마나 나빴는지는 중요하지 않다. 그 잘못이 용서받았냐 아니냐가 중요할 뿐.

물론 상처의 경중은 내가 감히 판단할 영역이 아니며 용서는 오로지 너의 자유고 너의 몫이지만 반대로 나 또한 너의 잘못을 용서하기까지 많은 노력과 인내가 필요했다는 사실만은 기억하길 바랄게.

사과

잘못했으면 그때그때 제대로 진심을 담아서 하는 게 사과야. 상대방은 이미 상처받았는데 한참 지난 뒤에 "그땐 미안했어"라면서 아픈 기억을 들추는 게 사과가 아니고.

싸우기 싫어서 임기응변하듯
"아, 그래, 미안해. 알겠으니까 그만하자."
뭘 잘못했는지도 모르면서 남들 등쌀에 떠밀려
"내가 잘못한 것 같아."
끝까지 자존심 세우면서
"미안해. 근데 너도 잘못했잖아."
그래놓고 남들에겐
"사과했는데 걔가 안 받아줬어, 난 할 만큼 했어."

잘못 떠넘기기 수법으로 사과 안 받아준 사람, 매정하고 냉철한 사람 만들면 죄책감이 사라져? 기분이 좀 나아져? 잘못했으면 확실한 해결책을 주든지, 납득할 수 있게 사정을 설명하든지, 최소한 사과라도 똑바로 하든지. 전부 싫으면 처음부터 잘못하지 말든지.

가끔 화해해도 찝찝한 관계가 있다.
있었던 일이 화해한다고 해서 없었던 일이 되진 않거든.

상처 준 대가

내가 과거의 이야기를 꺼내는 건 상처가 다 나았거나 트라우마를 극복해서가 아니야. 잘잘못을 따지거나 사과받기 위해서도 아니야. 이제 와서 지난날의 사과를 받아봤자 무의미할 뿐이야.

나를 괴롭혔던 너희를 용서하지 못해서가 아닌, 그때 맞서지 못했던, 그때 당당하게 말하지 못했던, 멍청하고 비참한 나를 용서하지 못해 힘들었어. 찌질했지만 순수했던 시절, 괴롭힘에 꺾이지 않고 많은 것을 깨닫고 성장해줘서 고맙다고 스스로에게 매번 얘기해.

내가 견디기 힘들었던 건 친구가 없다는 사실이나 너희의 괴롭힘이 아니었어. 나를 둘러싼 소문과 시선 탓에 나 자신을 미워하게 되는 거였어. 누군가에게 마음을 열면 약점이 되어 돌아왔고, 나는 점점 고립됐어. 다들 나를 안쓰럽게 여겼지만 아무도 손을 내밀어주지 않았어.

너희만 어리고 철없던 거 아니야.
나도 어리고 철없었어.

나는 앞으로 아무리 잘 살아도 평생 못 잊을 거야. 평생 발버둥 쳐도 못 벗어날 거야. 잊는 게 아니라 억지로 묻고 살겠지. 상처가 아무는 게 아니라 굳은살이 박이는 거겠지. 나 그래도 이 악물고 살 거야. 여전히 너희는 내가 망하기를 기다리니까.

그래도 고맙다, 독하게 키워줘서. 그리고 꼭 벌 받아. 잘되면 내가 망칠 거야. 그러니까 내가 너희 따위한테 신경도 못 쓸 만큼 성공하고 바쁘길 빌어. 그게 너희가 살길이고 용서받을 길이야.

무한대로의 견딤

완벽히 사라지거나
완전히 잊히는 건 없다.

끝없이 견디거나
끊임없이 무뎌질 뿐.

예의

나한테 이상한 예의를 강요하네. 뭔가 단단히 착각하는데, 예의도 마음이야. 마음이 없으면 최소한 인간적인 대우만 해주는 것, 그게 예의야. 마음에도 없는데 쓸데없이 웃어주고 만나주고 답장해주는 건 예의가 아니라 너의 헛된 욕심이지. 착한 척, 선심 쓴 척하지 마. 네가 착하면 착한 거고 네가 선심 썼으면 쓴 거지, 다 네 마음이고 네가 좋아서 한 일이면 네가 책임져야지 어디다 책임을 전가해.

너는 애매하게 회피해도 난 늘 확실하게 거절했어. 멍청한 사람은 아니니 못 알아들었을 리 없는데 사랑에 눈이 멀었니? 감정 강요하지 마. 좋다고 일방적으로 매달려놓고 뒤늦게 피해자 코스프레 하지 말자. 호의나 친절은 대가를 바라지 않고 베푸는 거야. 내가 부탁하지도 않은 뇌물 공세 펼쳐놓고 이제 와서 정성이었다느니, 마음이었다느니 역겨운 핑계 대지 마. 결국 호감 사려던 것 아니었니?

외로움을 사랑이라고 착각하고, 집착을 관심이라 합리화하고, 오지랖을 걱정이라고 밀어붙이는 사람은 최악. 조건이 어떻든 찌질해 보이고 멋없다.

피곤한 사람들

현생을 충분히 빡세게 살고 있어서인지 피곤한 사람들을 멀리하게 된다. 답장을 재촉하거나 술에 취해 전화하거나 본인의 감정을 맥락 없이 쏟아내거나 근거 없는 이야기를 듣고 와서 사실이냐고 물어보는 사람을 포함해 지나친 관심과 과도한 배려를 보이는 사람, 자존심만 쓸데없이 강한 사람, 별것도 아닌 일에 꽂혀 피곤하게 구는 사람, 부담스럽게 친한 척하는 사람 등등.

만나고 싶으면 어련히 알아서 시간을 낼 거고 할 말이 있으면 답장할 거고 관계를 이어가고 싶으면 연락할 거다. 제발, 싫다는 말이 아니고, 지금 당장은 내가 누군가와 특별한 관계를 형성해서 감정을 쏟고 시간을 쓸 여분의 에너지가 없다.

좀 거만하게 굴자면 나도 사람 많이 만나봤다. 그래서 관계 초반의 열정이 얼마나 갈지 가늠이 간다. 나쁜 사람은 아니니까 딱 자르지 않을 뿐이지, 그것이 일말의 희망을 뜻하진 않는다.

유머와 재치

내가 무척 진지한 편이라 재치 있고 유머러스한 사람에게 끌린다. 식상한 개그를 치거나 어설픈 지식을 자랑하는 사람, 매사에 진지한 사람, 무식하고 가벼운 사람은 남자건 여자건 동료건 애인이건 딱 질색. 어울리고 싶지도 않다. 늘 말하지만 멍청한 건 게으른 거다.

기준이 점점 깔끔하고 명료해진다.

빛이 나는 사람

예전에는 잘나가거나 인생에 도움 될 것 같은 사람들과 어울리고 싶었다면, 지금은 다 필요 없으니 대화가 끊기지 않고 설령 침묵이 흘러도 그것마저 대화 같은 사람들과 어울리고 싶다. 만나고 집에 오면 공허하고 피곤함만 남는 사람이 아니라 발전적인 생각과 빛나는 열정으로 날 채워주는 사람들과 어울리고 싶다.

자신이 얼마나 잘났는지 열변을 토하는 사람이 아니라 상대가 얼마나 멋진지 칭찬하며 진심 어린 응원을 보내는 사람. 쓸데없는 말로 시간만 때우는 시시한 사람이 아니라 한마디 한마디에 재치가 묻어나오는 똑 부러지고 현명한 사람.

그런 사람들은 얼굴이나 지갑에서 힘이 나오는 게 아니라 스스로 빛이 나더라.

곁에 둬야 할 사람

기운 빠지게 하고 진 빠지게 하는 사람은 인생에서 빼버리세요. 그런 사람 한두 명 사라져도 아무 일 안 생깁니다. 저도 워낙 정에 약해서 아무리 화나는 일이 있어도 '친군데 어떻게 끊어…'라며 꾹꾹 참고 불편한 상황을 피해왔어요.

이젠 도저히 안 되겠더라고요. 그대로 제 인생에서 아웃시키니 이렇게 쉬운 일을 왜 진작 못 했나, 왜 옆에 두고 스트레스 받으면서 저런 개소리, 저런 개진상을 받아주고 살았나 싶더라고요.

내 그릇을 깨뜨리는 사람이 아닌 넘쳐흐를 때까지 채워주는 사람만 주변에 두세요. 사탕발림하는 사람만 골라 사귀라는 소리가 아닙니다. 똑같은 충고나 조언을 해도 정말 기분 좋게, 동기부여가 되게 해주는 사람들이 있어요. 아, 나를 아껴서 이런 말을 해주는구나. 머리로 해석하거나 말로 설명할 수 없어도 마음으로 느껴집니다.

내 그릇이 아무리 크더라도 주위에 작은 그릇들이 다닥다닥 붙어 소란스럽게 하면 깨지기 마련입니다. 비슷한 크기의 그릇끼리 모여 적당한 거리를 두며 사는 게 보기에도 좋고 마음도 편합니다. 좋은 사람들만 함께했으면 좋겠어요.

증거

사람들은 관계가 확실하지 않을 때
상대에게 눈에 보이는 것을 요구한다.

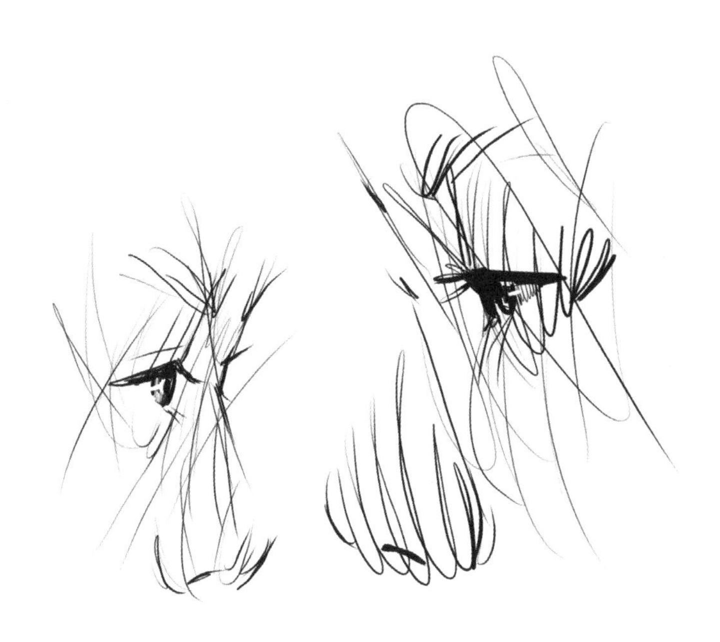

이해는 노력한다고
되는 게 아니야

이해란 지금껏 살아오면서 형성된 가치관과 다양한 경험이 쌓여 이뤄지지 하루아침에 만들어지는 게 아닙니다. 고로 무언가를 이해한다는 것은 '저절로' 되는 것이지 노력한다고 되는 것이 아닙니다. 누군가를 애써, 억지로 이해하려 하지 말고 그저 받아들이세요. 사랑에, 사람에 집중하세요.

난독증

사람들은 자신의 무지함을 망각한 채

이해할 수 없는 것을
이해하지 않고

이해할 수 있는 것만을
이해한다.

그리고 이해를 오해라고 말하면
오해를 오해라고 한다.

기간과 진심

인간관계는 얼마큼 알고 지냈는지보다 얼마나 진심이었는지가 훨씬 중요하다. 아무리 오랜 기간 알고 지냈어도 서로에게 진심이 아니었다면 설령 그 시간이 10년이라도, 100년이라도 옷깃만 스쳐 지나간 낯선 사람과 다를 바 없다. 어제 처음 만나 술 한잔 기울인 사이라도 100퍼센트 진심으로 서로를 대했다면 웬만한 관계보다 깊다고 할 수 있다.

이때 진심이란 내 비밀을 다 떠벌리며 자신을 전부 드러내는 게 아니라 나라는 사람을 있는 그대로 보여주는 것이다. 나는 과연 얼마만큼의 진심을 보여주고 있으며, 얼마만큼의 진심을 보고 있을까?

잘못된 정리

누군가와 갈등을 자주 겪는 사람들이 흔히 저지르는 실수 중 하나는 상대와 자신의 사이between를 정리하는 대신 그 사람과의 사이relationship를 정리한다는 것이다. 그와 자신 사이에 놓인 문제를 해결하기보단 그와의 관계 자체를 정리해버린다.

멀리 가도
너무 멀리는 가지 말고

가끔 너무 울적하고 힘들 때가 있다.
아무 말도 하기 싫다는 생각을 한다. 왜 그러냐고 물어보지 말고 같이 있어주면 좋겠다는 생각을 한다. 같이 있어주되 멀리 떨어져 있어주면 좋겠다는 생각을 한다. 너무 멀리도 너무 가까이도 아닌 적당한 거리를 유지하고 싶다는 생각을 한다.
결국 아무 생각도 하기 싫다는 생각을 한다.

정의

하나로 정의할 수 없을 만큼
어떤 것들은 많은 의미를 지니고 있다.

딱 꼬집어 말할 수 없을 만큼
어떤 관계는 많은 역할을 하고 있다.

모르는 사람들의 위로

"아이러니하게도 우리는, 가장 가까운 사람들이나
우리가 사랑하고 믿고 의지한다고 여겼던 사람들보다
생각지도 못한 상대에게, 위로를 받게 되는 순간을 겪는다."*

가끔 나의 비밀이나 속마음을, 아예 모르는 사람 또는 예상치 못한 사람에게 털어놓을 때가 있다. 나를 있는 그대로 봐주고 억지로 꾸밀 필요 없는 사람에게. 서로 바라는 것 없고 원하는 것 없으니 부담도 없고 욕심도 없는 그런 사이.

가까운 이에게 말하지 못한 모든 감정이 언젠간
말할 필요 없는 사소한 일로 남길.

---

* 강송희, 《외로운 것들에 지지 않으려면》

관계의 진실

솔직히 돈 많은 걸 누가 싫어할까. 나도 돈 많이 벌고 싶다. 사실 돈 많이 벌고 싶어서 이렇게 열심히 산다. 그런데 왜 많이 벌고 싶은지 생각해보면 좋아하는 사람들한테 밥 한번 사주는 일이 어렵지 않았으면 좋겠다는 마음 하나다.

부모님이 나한테 투자한 비용, 그대로 다 갚을 수도 없고 돈으로만 환산할 수도 없지만 그래도 나중에 가고 싶은 곳, 먹고 싶은 음식, 필요한 물건 있을 때 딸 눈치 보면 안 되니까. 나는 그 정도만 있으면 된다. 그 정도는 충분히 벌 자신 있다.

중요한 사실은 내가 좋아하는 사람들은 나한테 몇십만 원짜리 밥을 얻어먹고 싶어 하지도 않고 몇백만 원짜리 선물을 받고 싶어 하지도 않는다는 점이다. 그들은 내가 기사 식당에서 몇천 원짜리 밥을 사든 몇백 원짜리 자판기 커피를 뽑아 주든 내 마음에 감동할 줄 안다.

바라는 게 많은
사람들 사이에서

나에게 바라는 것만 많은 사람들 사이에서
진심으로 나의 행복을 빌어주는 사람들.

10만 원을 벌든 100만 원을 벌든
만 원은 똑같이 아깝고

바쁘든 한가하든
한 시간 이동하는 건 똑같이 귀찮습니다.

결국
얼마나 돈을 쓰고 시간을 쓰는지보다
얼마큼 애를 쓰고 성의를 보이는지가 중요합니다.

노력이 관건입니다.

chapter 4

애쓰지 않고
그대로 두는 법

성공

조금 더 내려놓기로 했습니다.
잘살기보다 아름답게 살기로 했습니다.

입술이 터지고 눈이 충혈되고 손이 떨려도, 신경쇠약에 예민해지고 우울증이 찾아와도 '성공' 그게 대체 뭐라고 그리도 집착하며 스스로를 채찍질해왔는지 모르겠네요. 과정까지 행복해야 진정한 성공인 것 같습니다. 과정이 행복하지 않으면 성공해도 허무함만 남더라고요.

신촌으로 이사 온 지 석 달이 되어가는데
근처 맛집을 한 군데도 못 가봤습니다.
오늘 한번 가볼까 생각 중입니다.

무덤의 크기는
누구나 똑같습니다

롤렉스와 카시오 시계는
똑같은 시간을 알려줍니다.
프라다와 H&M 지갑 속 돈은
똑같은 가치를 지닙니다.
벤틀리가 갈 수 있는 곳은
모닝도 갈 수 있습니다.
최고급 펜트하우스와 낡은 옥탑방엔
똑같은 외로움이 존재합니다.

롤렉스 시계가 가리키는 시간이
더 소중한 것이 아닙니다.
프라다 지갑 속 돈이
더 값진 것이 아닙니다.
좋은 차가 더 좋은 곳에
데려다주는 것이 아니며

큰 집에 더 나은 사람들이
사는 것이 아닙니다.

결국 인생의 가치는
'누구와 함께하는가'이지,
'무엇을 가졌는가'가 아닙니다.

물질이 당신의 기분을 더 좋게 만들어줄지라도
당신을 더 좋은 사람으로 만들어주거나
당신 인생의 품격을 결정 짓지는 않습니다.

항상 겸손할 것.
무덤의 크기는 누구나 똑같을 테니까요.

99퍼센트

아침에 일어나기가 힘들지, 막상 일어나면 어떻게든 하루를 살아요. 운동하러 가기가 힘들지 막상 가면 뭐라도 깔짝거리고 와요. 공부도 그래요. 앉아서 펜 잡기까지가 힘들지 막상 시작하면 뭐라도 배우게 돼요.

일단 하세요. 우선 시작하세요.
그런 다음 안 된다, 어렵다, 하기 싫다 하세요.

세상은 학교처럼 밑줄 긋고 가만히 앉아 있으면 선생님이 정답을 다 알려주는 곳이 아니에요. '어렵다', '모른다'라는 말은 면책 사유가 아니라 약점이 됩니다.

물론 유전적으로 타고난 사람들도 있고, 시작점이 다를 수도 있습니다. 하지만 우리는 그 1퍼센트가 아니라 나머지 99퍼센트랑 경쟁하잖아요. 해볼 만해요. 다 나 같거든. 다 아침에 일어나기 싫어하고, 운동하기 귀찮아하고, 공부하기 힘들어 해요. 얼마나 다행이에요. 위안이 되죠?

그러니까
하세요, 일단.

하면
잘 시작했다 생각할 거예요.

숫자로
표현할 수 없는 인생

미슐랭 식당의 기름지고 비싼 요리보다
엄마가 출근 전에 차려놓은 다 식은 밥이 그립다.

두 시간을 기다려 먹은 SNS 맛집보다
손님이 나밖에 없는 단골집이 더 좋다.

남들의 평가나 가격으로
가치를 따질 수 없는 것들이 있다.

특별하다는 것은 최고가 아니라 대체 불가능함이다.
많고 많은 것 중 진짜가 되는 것.

악당

누군가가 갑자기 훅 쳐들어와서

눈치 안 보고 내 인생을 재밌게 망쳐줬음 좋겠다.

최선의 기준

일이나 사랑, 인간관계에서
이도 저도 아닌 결과가 나오는 이유는

한 번에 제대로 안 하거나
끝까지 열심히 안 하거나
하나하나 재면서 하기 때문이에요.

한 번 할 때 제대로 안 하면 미련이 남고
끝까지 열심히 안 하면 후회가 되고
이것저것 따지면서 하면 욕 듣습니다.

처음부터 잘하는 일은 없어요.
그냥 잘할 때까지 최선을 다해보세요.

이때 '최선을 다한다'의 기준은

주위 사람들이 나에게 감동했을 때가 아니라
내가 나에게 감동했을 때를 말합니다.

그럼 저절로 좋아져요.

대단하지 않은 일을 하며 배운 대단한 것

사방이 유리창으로 둘러싸인 고층 사무실에서만 대단한 계획이 탄생하고 어려운 공식을 통해서만 위대한 발상이 나오는 게 아닙니다.

열 평 남짓한 반지하에서 밤새 책을 읽다가도, 편의점 알바를 하며 진상 손님들을 상대하다가도 불현듯 깨닫거나 스스로 깨우치기도 합니다.

대단한 성찰과 위대한 발견은 때와 장소를 가리지 않습니다. 다음은 제가 대단하지 않은 일을 하면서 배운 대단한 것들입니다.

1. 잘하는 일로 시작해 좋아하는 일로 끝내라.
2. 내 경험은 그저 내 경험일 뿐이다.
3. 바보는 없다. 게으른 사람만 있다.

만능

무엇이든 할 수 있지만 모든 걸 할 순 없어.

You can do anything, but you can't do everything.

자연 소멸된 관계

예전에는 단체로 모여 다이나믹하게 노는 게 재미라고 생각했는데 요즘엔 내 사람들과 소규모로 모여 진솔하게 대화를 나누는 게 더 재밌더라고요. 이제는 인간관계의 넓이보다 깊이를 더 신경 쓰려 합니다. 관계를 억지로 유지하고 무리하게 이어나가고 습관처럼 확인할 필요 없더라고요. 어차피 떠날 사람은 떠나고 남을 사람은 남습니다. 세월이 그 관계를 정리해줍니다. 결이 맞지 않으면 서로의 삶에서 밀려날 수밖에 없어요. 좀 서운할지라도 그건 누구의 잘못도 아니며 그저 자연스럽게 멀어진 것 뿐입니다.

애쓰지 않고 그대로 두는 법을 배워가고 있습니다.

내 취향의 목적

나는 섹시한 걸 좋아한다.
내가 섹시한 것도 좋고, 남이 섹시한 것도 좋고
세상 모든 섹시함이 전부 섹시해서 좋다.

내가 좋아하는 섹시함이란
천박하거나 외설적인 것과는 다르다. 여성의 몸이 지닌 부드러운 곡선이나 낮은 톤으로 차분하게 말하는 남성의 목소리, 수줍게 핀 꽃이 내뿜는 매혹적인 향기 혹은 열정이 가득한 강렬한 눈빛, 일할 때 흐르는 땀과 같은 것이다.

섹시함에 자극적인 요소가 있다는 점을 부정하진 않겠다.
하지만 그 자극을 유혹이라 받아들이고 폭력적으로 구는 사람이 문제지 섹시함 자체는 문제가 아니다. 사진 속 섹시한 몸매와 옷차림, 섹시한 말투와 목소리, 섹시한 표정과 몸짓은 모두 당사자의 개인적인 취향의 반영일 뿐 타인의 저렴한 욕망을 충족시키기 위해서가 아님을 유념했으면 좋겠다.

비싼 차를 사진 찍어 올리는 것이 그 차에 태워주겠다는 뜻이 아니며 좋은 집을 사진 찍어 보여주는 것이 그 집에 초대하겠다는 말이 아닌 것처럼, 누군가의 섹시하고 관능적인 모습은 '쉽게 봐도 된다'는 뜻이 아니다.

'걸레'라는 소문

사람에게 가장 치명적인 소문은 '걸레'가 아닐까 싶다. 나도 이 소문 탓에 정말 고생을 많이 했는데, 성인이 되고 다양한 사람을 만나고 더 넓은 세계를 경험하면서 생각이 바뀌었다.

과연 그들이 말하는 '걸레'의 기준이 뭘까. 아름답고 섹시하고 건강한 20대로서 누군가와의 잠자리가 숨겨야 할 일인가. 혹은 자랑하거나 욕먹을 일인가.

조금 더 당당했으면 좋겠어요.
그리고 조금 더 자유로웠으면 좋겠어요.

평범한 특별함

평범한 게 싫었다.

뻔하고 재미없는 사람이 되는 게 죽기보다 싫었는데 이제는 평범함을 거부할수록 되레 뻔해진다는 사실을 깨달았다. 지금까지 뻔해지지 않기 위해 했던 평범하지 않던 선택들이 결국 뻔한 결말을 만들어냈다.

특별함은
특별해서 특별하게 느껴지는 것이 아니라
평범한 것이 평범하지 않게 느껴지는 것이었다.

나는
나의 평범함을
평범하게 보지 않는
평범하지만 특별한 사람과 만나
특별하지만 평범한 사랑을 하고 싶다.

적당한 매력

양아치 기질도 적당히 있으면서 진중한 기질도 적당히 있는.
섹시하되 쉬워 보이면 안 되고, 강하되 강압적이면 안 되는.
독립적이지만 독단적이진 않고 영리하지만 계산적이진 않은. 그 균형을 맞추는 게 어렵죠.

착하지만 단단하고 냉철하지만 부드러운 사람.
그런 사람이 되는 것도 어렵죠.

풍요로운
삶을 위한 다짐

1.

평일엔 낮이 길게

주말엔 밤이 길게.

2.

하루는 길게

일주일은 짧게.

3.

결심하며 일어나고

다짐하며 잠들기.

기출 변형

나는 생리할 때도 별로 예민한 타입이 아닌데 비오는 날엔 유독 병적으로 우울하고 기분이 가라앉는다. 만약 이런 날에도 나를 웃게 해주는 사람이 있다면 돈다발을 가져다주는 것보다 행복하겠냐 돈이 최고지.

행복의 조건

행복해야 한다는 것이
삶의 필수 조건은 아니지만
그냥 그랬으면 좋긴 하겠다.

독서

"어제는 책을 읽다 끌어안고 같이 죽고 싶은 글귀를 발견했다"*

내가 책을 무한히 신뢰하고 사랑하는 이유는
그들은 말을 바꾸지 않기 때문이다.
그들은 세월이 흘러도
그 의미가 퇴색되지 않기 때문이다.

그들은 내가 아무리 느려도
설령 그들을 잊어버렸다 해도
점 하나 섞지 않고
조용히 기다려준다.

---

* 박준, 〈미인처럼 잠드는 봄날〉, 《당신의 이름을 지어다가 며칠은 먹었다》

상처받을 걸 알면서
알아내는 세 가지

1. 옛날 애인의 현재
2. 현재 애인의 과거
3. 음식 칼로리

수준 차이

통장에 0 하나 더 붙어도 고작해야
먹는 밥, 입는 옷, 사는 집이 달라지겠지만

책은 한 권만 더 봐도
나와 내 주위가 달라진다.

성찬식 포도주도 변기에 부으면
그저 오물이 된다.

내일은
오지 않는다

내일이면 괜찮아지겠지.

그렇지만 오늘은 오늘이고 내일이 되면 그날은 다시 그날의 오늘일 뿐 내일은 오지 않는다. 아마 내일은 평생 오지 않을 것이다. 우리는 평생 내일을 살 수 없다. 우리는 그래도 오지 않는 내일을 기다리며 산다.

내일이면 괜찮아지겠지.

선택

당장 앞일을 결정해야 하는 것도 아니고
미리 정해놓고 살아야 하는 것도 아니잖아.
우리는 매일 매 순간을 살아가지만
어디에 갈지, 뭘 먹을지 다 정해놓고 살진 않잖아.

그냥 그때그때
가장 하고 싶은 선택, 가장 끌리는 선택을 하고 살면 돼.

어느 날은 가장 합리적인 선택을
어느 날은 가장 감정적인 선택을
어느 날은 가장 나다운 선택을
어느 날은 가장 나답지 않은 선택을 하며

어떤 날은 '땡잡았다' 소리도 하고
또 어떤 날은 '재수가 없네' 소리도 하고

우리 그냥 그렇게 살자.

계속할까 말까, 그만할까 말까 고민하지 마.
그냥 계속하다가 그만하고, 그만하다가 계속하고
언제든지 멈출 수 있고 언제라도 시작할 수 있잖아.

우울이 널 삼키게 하지 마.
답은 없어, 네가 하고 싶은 거 해.

도서관

요즘은 일과가 도서관으로 시작해서 도서관으로 끝난다. 무엇을 해야 할지, 어떤 생각을 해야 하는지, 무엇이 정답인지 혼란스러울 때마다 도서관을 찾는 버릇이 생겼다. 도서관에는 이런 고민을 할 수 없을 만큼 바쁘게 사는 사람들과 이런 고민을 멈추게 해줄 책들이 있다.

공부는 언제, 어디서, 어떤 상황에 해도 옳기에 위로가 된다.

도서관을 나오는 순간만큼은, 적어도 오늘 내가 무언가 바른 행동을 했고 아직도 배울 것이 많다는 생각이 들어 스스로를 보듬고 사랑할 수 있다. 도서관은 무기력하고 무의미한 삶의 유일한 원동력이며, 나를 일깨워주고 내가 누군지 알게 하고 진정한 나를 찾게 해준다.

자신을 믿는 사람

살다 보면 내가 능동적으로 무언가를 선택할 수 있는 순간도 있지만, 어쩔 수 없는 선택을 해야 할 때도 있다. 언제나 최선의 선택지를 갖진 못한다.

최악의 선택지로
최악의 결과를 만드는 자는 운명을 믿는 사람,
최선의 결과를 만드는 자는 노력을 믿는 사람,
최고의 결과를 만드는 자는 자신을 믿는 사람이다.

감사함과 너그러움

나는 차분하고 침착해 보이지만 실은 감정적이고 위태롭다.
그런 나를 잔잔하게 펴주는 내 곁의 사람들에게 감사함을.
그런 나를 주름지게 만드는 내 밖의 사람들에게 너그러움을.

어떻게 돌아갈지가 아니고
어떻게 나아갈지만 생각하자.

어떻게 복수할까가 아니고
어떻게 베풀까만 생각하고,

어떻게 버텨낼지가 아니고
어떻게 이겨낼까만 생각하자.

영원하길 바라는 것을
한 번에 이루려 하지 말 것.

에필로그

역설적이게도

제가 가장 힘들었을 때

가장 듣기 싫었던 말은 "힘내"라는 소리였습니다.

지금 어떻게든 버텨보려고

모든 힘을 쥐어짜내는 중인데,

여기서 더 힘을 내라니요.

압니다.

어떤 의미로 힘내라고 했는지 압니다.

기운 내라는 따뜻한 위로와 응원이었겠지요.

하지만 당시에는

힘내라는 말은 위로와 응원이 아니라

무언의 채찍질 같았습니다.

금방이라도 힘을 내야 할 것 같았고,
이 무기력에서 당장이라도 벗어나야 할 것 같았습니다.

하지만 벗어나려 몸부림칠수록
그럴 수 없어서 더 힘이 들었습니다.

그런데 어느 날 엄마가 저에게 말하더라고요.

"힘 좀 빼고 살아."

그 말에 몇 시간을 울었는지 모릅니다.

힘을 내라는 말보다
힘을 빼라는 말이
저에게는 힘이 됐습니다.

여러분들
힘 빼고 사시길 바랍니다.

죽고 싶다는 말은 간절히 살고 싶다는 뜻이었다

초판 1쇄 발행 2020년 11월 13일
초판 7쇄 발행 2021년 8월 4일

지은이 김민제
그림 성립

편집인 이기웅
책임편집 한의진
편집 주소림, 안희주, 김혜영, 양수인
디자인 MALLYBOOK 최윤선, 정효진
책임마케팅 정재훈, 김서연, 김예진, 김지원, 박시온
마케팅 유인철
경영지원 김희애, 최선화
제작 제이오

펴낸이 유귀선
펴낸곳 ㈜바이포엠
출판등록 제2020-000145호(2020년 6월 10일)
주소 서울시 강남구 테헤란로 332, 에이치제이타워 20층
이메일 odr@studioodr.com

ISBN 979-11-91043-07-5 (03810)

스튜디오오드리는 ㈜바이포엠의 출판브랜드입니다.